# धर्मयुद्ध



**यशपाल**
(1903–1976)

**जन्म :** फ़िरोजपुर छावनी, पंजाब में।

**शिक्षा :** प्रारम्भिक शिक्षा गुरुकुल काँगड़ी, डी. ए. वी. स्कूल, लाहौर और फिर मनोहर लाल हाई स्कूल में हुई। वहीं से सन् 1921 में प्रथम श्रेणी में मैट्रिक की परीक्षा में उत्तीर्ण हुए।

**गतिविधियाँ :** प्रारम्भिक जीवन रोमांचक कथाओं के नायकों सा है। भगत सिंह, सुखदेव, बोहरा और आजाद के साथ मिलकर क्रान्तिकारी कार्यों में खुलकर भाग लिया। सन् 1931 में 'हिन्दुस्तान समाजवादी प्रजातन्त्र सेना' के सेनापति आजाद के मारे जाने पर सेनापति नियुक्त। 1932 में पुलिस के साथ एक मुठभेड़ में इलाहाबाद में गिरफ्तार। 1938 में जेल से छूटे। तब से अंतिम दिन तक लेखन कार्य में संलग्न रहे।

**मृत्यु :** 26 दिसम्बर, 1976

**आवरण :** गोगी सरोज पाल

1945 में निओली (उ.प्र.) में जन्मी गोगी सरोज पाल की शिक्षा बनस्थली कॉलेज ऑफ आर्ट, लखनऊ तथा कॉलेज ऑफ आर्ट, नई दिल्ली में हुई। कलाकार के रूप में अपनी रचनात्मकता की सम्पूर्ण अभिव्यक्ति के लिए आपने हर सम्भव माध्यम में काम किया और अपनी पहचान छोड़ी है। अभी तक आप पेंटिंग, शिल्प, ग्राफिक, प्रिंट, सेरामिक्स, इंस्टालेशन, बुनाई, फोटोग्राफी और कम्प्यूटर के अलावा लेखन के क्षेत्र में भी काम कर चुकी हैं।

1945 से अभी तक आपकी 41 एकल प्रदर्शनियाँ आयोजित हो चुकी हैं। इसके अलावा 41 विदेशों में तथा भारत में आयोजित 150 प्रदर्शनियों में आपका काम शामिल रहा है। भारत, जर्मनी, इंग्लैंड और अमेरिका में इंस्टालेशन के माध्यम से सराहनीय कार्य।

**सम्मान :** क्लीवलैंड ड्राईंग बिनाले (यू.के.); ललित कला अकादमी, नई दिल्ली; अल्जीयर्स में इंटरनेशनल बिनाले ऑफ प्लास्टिक आर्ट्स के सम्मानों के अलावा संस्कृति अवार्ड।

यशपाल

# धर्मयुद्ध

लोकभारती पेपरबैक्स

पहला पुस्तकालय संस्करण
विप्लव कार्यालय, लखनऊ से
1950 में प्रकाशित

लोकभारती पेपरबैक्स में
**पहला संस्करण :** 2010
**दूसरा संस्करण :** 2014



---

**लोकभारती पेपरबैक्स :** उत्कृष्ट साहित्य के लोकप्रिय संस्करण

---

विप्लव कार्यालय, लखनऊ
की ओर से
**लोकभारती प्रकाशन**
पहली मंजिल, दरबारी बिल्डिंग, महात्मा गाँधी मार्ग,
इलाहाबाद

वेबसाइट : www.lokbhartiprakashan.com
ईमेल : info@lokbhartiprakashan.com

**शाखाएँ :** 1-बी, नेताजी सुभाष मार्ग, दरियागंज, नई दिल्ली-110 002
अशोक राजपथ, साइंस कॉलेज के सामने, पटना-800 006 (बिहार)
36-ए, शेक्सपियर सरणी, कोलकाता-700 017

आवरण चित्र : गोगी सरोज पाल

इण्डियन प्रेस प्रा.लिमिटेड
इलाहाबाद
द्वारा मुद्रित

**मूल्य :** ₹ 75

DHARMAYUDH
*by* Yashpal

ISBN : 978-81-8031-438-4

# समर्पण

धर्म और युद्ध परस्पर-विरोधी समझे जाते हैं। परन्तु कभी धर्म के लिये युद्ध और कभी युद्ध के लिये धर्म की पुकार सुनाई देती है।

ऐसे अन्तर्विरोध की परिस्थिति में जो लोग बुद्धि से काम लेने के लिये तैयार रहना चाहते हैं उन्हीं को यह कहानियाँ सुनाना चाहता हूँ।

—यशपाल

# भूमिका

कहानी साहित्य के सम्बन्ध में बहुत समय से विवाद चल रहा है कि कहानी को प्रचार का साधन बनाना उचित है या नहीं? इस विषय का निर्णय का अधिकार आलोचकों ने अपने हाथ में ले लेना चाहा। उन्होंने विधि और निषेध के कई फतवे दिये परन्तु निर्णय हुआ पाठकों की ही रुचि से।

हिन्दी कहानी साहित्य के रूप में अन्तर आ गया है, यह अस्वीकार करने से किसी को कुछ लाभ न होगा। यह परिवर्तन आया है पाठकों के निर्णय और उनकी माँग से, आलोचकों के निर्णय से नहीं। आज के हिन्दी कहानी लेखक यह जान चुके हैं कि जनता विचार-शून्य साहित्य नहीं चाहती। विचार-शून्यता और प्रचार-शून्यता मूलतः और फलतः एक ही बात है। कलात्मक अथवा रोचक ढंग से विचारों की अभिव्यक्ति करने की सफलता ही कला की सफलता है। साहित्य को प्रयोजनपूर्ण बनाने और साहित्य द्वारा अपनी मान्यताओं की स्थापना करने की प्रवृत्ति केवल आज के 'प्रगतिशील' साहित्य का ही आविष्कार अथवा दुराग्रह नहीं है। साहित्य में यह प्रवृत्ति साहित्य की परम्परा की आधारशिला रही है। सभी युगों के साहित्यिकों ने इस प्रवृत्ति को निबाहा है। यदि किसी समय हम अभ्यस्त विचारों अथवा संस्कारों में फँस जाने के कारण कुछ मान्यताओं को विचारों की अभिव्यक्ति न मान कर शाश्वत सत्य मानने लगें तो यह उन मान्यताओं का प्रचार करने वाले साहित्यिकों की सफलता है परन्तु साथ ही यह हमारे रूढ़िग्रस्त होने का भी प्रमाण होगा।

समाज की प्रगति के लिये साहित्य की रचना करने वाले पक्ष की इस विजय ने एक दूसरा प्रश्न उपस्थित कर दिया है। वह प्रश्न है कि साहित्य में प्रगति की भावना की अभिव्यक्ति कैसे की जानी चाहिये?

प्रगति के विषय में वैज्ञानिक तथ्यों के आधार पर सोचने वाले लेखक यह स्वीकार करेंगे कि जीवन का आधार भौतिक अथवा आर्थिक है। समाज की भावनाओं, रीति-रिवाजों और नैतिकता की बुनियादों तथा उनके विविध रूपों का भी नियमन मानव जीवन की भौतिक और

आर्थिक परिस्थितियों और भौतिक और आर्थिक ढाँचे के अनुरूप ही होता है। इस सत्य को स्वीकार कर लेने पर दूसरे यथार्थ से भी इन्कार नहीं किया जा सकता कि आर्थिक परिस्थितियों के आधार पर बनाई गयी मनुष्य समाज की व्यवस्थायें, समाज की नैतिक धारणायें, उचित-अनुचित सम्बन्धी विश्वास और महत्वाकांक्षायें मनुष्य-समाज की परिस्थितियों का महत्वपूर्ण अंग बन जाती हैं और ये धारणायें भी मनुष्य-समाज की आर्थिक व्यवस्था और जीवन के लिये उसके प्रयत्नों पर प्रभाव डालना आरम्भ कर देती हैं।

समाज की वर्तमान आर्थिक व्यवस्था की जड़ें मुख्यतः श्रेणियों के रूप में स्वामित्व, उत्पादन और वितरण में हैं परन्तु इन जड़ों के सूत्र-प्रसूत्र समाज की नैतिक धारणाओं, विश्वासों और महत्वाकांक्षाओं से भी बंधे हुए हैं। शोषक-शासक श्रेणी अपनी व्यवस्था की रक्षा समाज की इन नैतिक धारणाओं और विश्वासों की सहायता से भी करती हैं। श्रम विभाजन की व्यवस्था, समाज की आर्थिक व्यवस्था के छप्पर की धन्नी हैं तो समाज की स्वीकृत मान्यतायें और नैतिकता की धारणायें उस धन्नी को सम्भाले रखने वाली दीवारें हैं। शोषक आर्थिक व्यवस्था के ध्वंस की प्रतिज्ञा करने वाले प्रगतिवादी यदि इस धन्नी पर आघात करना लक्ष्य समझ लें और इस धन्नी को सम्भाले हुए दीवारों पर आघात करने को प्रगतिवाद के साथ विश्वासघात का नाम दे दें तो यह शोषक व्यवस्था का सौभाग्य और क्रान्ति की चेष्टा करने वाली श्रेणी का दुर्भाग्य ही है।

वैज्ञानिक विचारधारा का दावा करने वाले लोग यदि यह भूल जायं कि समाज की समस्यायें अन्योन्याश्रय हैं, कोई भी समस्या दूसरी समस्याओं से स्वतंत्र नहीं, तो यह निश्चय ही विचार की वैज्ञानिक, तथ्याश्रित पद्धति को हानि पहुँचाये बिना न रहेंगे। समाज की आर्थिक समस्या के बहुमुखी होने के कारण अनेक पहलुओं से उस व्यवस्था की विषमता की ओर ध्यान जाना स्वाभाविक है। अनेक पहलुओं से इस व्यवस्था की विषमता के मूल की ओर पहुँचा जा सकता है और इस व्यवस्था पर आघात किया जा सकता है; और किया जाना चाहिये। यह भी स्वाभाविक है कि सामाजिक अव्यवस्था के केन्द्र–आर्थिक व्यवस्था के चारों ओर गुथे हुए समाज में लोग इस अव्यवस्था पर अपने-अपने स्थान और दृष्टिकोण की स्थिति के अनुसार ही आघात करें परन्तु सब दिशाओं

से आने वाले आघातों का लक्ष्य तो एक ही होगा–इस शोषक व्यवस्था के उन्मूलन का प्रयत्न।

दीर्घकाल तक शोषक व्यवस्था की धारणाओं में बँधे रह कर हमारे समाज ने अनेक असामाजिक मनोदशाएँ (complexes) पैदा कर ली है। इनमें से एक है प्रभुता का मद। तर्क की संगति से शोषक व्यवस्था की अनैतिकता को स्वीकार करके भी लोग इन मनोदशाओं से मुक्ति नहीं पा सकते। पूँजीवादी व्यवस्था का, प्रभुता के मद का मानसिक विष जब प्रगतिवाद के क्षेत्र में भी आकर फलित होता है तो प्रगतिवाद के लक्ष्य और परिस्थितियों के अत्यन्त प्रतिकूल होने के कारण और अधिक बुरा प्रभाव दिखाता है। प्रभुता के इस मद का हानिकर प्रभाव प्रगतिवादी साहित्यिक क्षेत्र में हम देख रहे हैं। यह प्रभाव है प्रगतिवादी साहित्य के स्वाभाविक बहुमुखी प्रयत्न को पंगु बना कर अपने अनुशासन में लाने की मूढ़ता भरी महत्वाकांक्षा। इसका परिणाम भी अत्यन्त घातक हो रहा है। प्रगतिवादी के प्रति व्यापक सहानुभूति नष्ट होती चली जा रही है।

यदि प्रगतिवादी व्यापक सामाजिक समस्या के क्षेत्र में पुरानी शोषक व्यवस्था से समाज की मुक्ति के प्रयत्न में सहायक होना चाहता है तो उसे साहित्यिक को तर्क-संगत स्वतंत्रता से शोषक व्यवस्था पर आघात करने का अवसर देना होगा। इसी से नवीन समाज की रचना के प्रति उत्साह उत्पन्न हो सकेगा।

**—यशपाल**

मई १९५०

अल्मोड़ा

# अनुक्रम

# धर्मयुद्ध

श्री कन्हैयालाल के पारिवारिक क्षेत्र में घटी धर्म-युद्ध की घटना की बात कहने से पहले कुछ भूमिका की आवश्यकता है इसलिए कि गलतफहमी न हो।

कुरुक्षेत्र में जो धर्मयुद्ध हुआ था उसमें शस्त्रों का यानि गाँधीवाद के दृष्टिकोण से पाशविक बल का ही प्रयोग किया गया था। यों तो सतयुग से लेकर द्वापर तक धर्मयुद्ध का काल रहा है। वह युग आध्यात्मिकता और नैतिकता का काल था। सुनते हैं कि उस काल में लोग बहुत शांतिप्रिय और संतुष्ट थे परन्तु सभी सदा सशस्त्र रहते थे। न्याय-अन्याय और उचित-अनुचित का प्रश्न जब भी उठता तो निर्णय शस्त्रों के प्रयोग और रक्तपात से ही होता था। झगड़ा चाहे भाइयों में रहा हो या देव-दानवों में या पति-पत्नी में···जैसा कि ऋषि जमदग्नि का अपनी पत्नी से या ऋषियों के समाज में···जैसा कि ब्रह्मर्षि वशिष्ठ और राजर्षि विश्वामित्र में।

इधर ज्यों-ज्यों मानव समाज में आध्यात्मिकता का ह्रास होता गया, लोग निःशस्त्र रहने लगे। झगड़े तो होते ही रहे, होते ही हैं; परन्तु

निःशस्त्र होने के कारण लोग नैतिक शक्ति का प्रयोग करने लगे। शस्त्रों के बिना नैतिक शक्ति से न्यांय और धर्म के लिए लड़ने का संघर्ष करने की विधि का नाम कालान्तर में सत्याग्रह पड़ गया। सत्याग्रह को ही हम वास्तव में धर्मयुद्ध कह सकते हैं क्योंकि युद्ध या संघर्ष की इस विधि में मनुष्य पाशविक बल से नहीं बल्कि आत्म-बलिदान से या धर्म बल से ही न्याय की प्रतिष्ठा का यत्न करता है। श्री कन्हैयालाल के पारिवारिक क्षेत्र में विचारों का संघर्ष धर्मयुद्ध की विधि से ही हुआ था।

कुछ परिचय श्री कन्हैयालाल का भी आवश्यक है। यों तो कन्हैयालाल की स्थिति हमारे दफ्तर के सौ-सौ रुपये माहवार पाने वाले दूसरे बाबुओं के समान ही थी परन्तु उनके व्यवहार में दूसरे सामान्य बाबुओं से भिन्नता थी। सौ-सवासौ रुपये का मामूली आर्थिक आधार होने पर भी उनके व्यवहार में एक बड़प्पन और उदारता थी, जैसी ऊँचे स्तर के बड़े-बाबू लोगों में होती है। वे दस्तखत करते थे 'के० लाल' और हाथ मिलाते तो जरा कलाई को झटक कर ओठों पर मुस्कराहट आ जाती—'हाओ डू यू डू! (कहिये क्या हाल है!)' और पूछ बैठते, 'ह्वाट कैन आई डू फार यू! (आपके लिए क्या कर सकता हूँ!)'

दफ्तर के कुछ तुनक मिजाज लोग के० लाल के 'व्हाट कैन आई डू फार यू (आपके लिए मैं क्या कर सकता हूँ)' 'प्रश्न पर अपना अपमान भी समझ बैठते और कुछ उनकी इस उदारता का मजाक उड़ा कर उन्हें 'बास' (मालिक) पुकारने लगे लेकिन के० लाल के व्यवहार में दूसरों का अपमान करने की भावना नहीं थी। दूसरे को क्षुद्र बनाये बिना ही वे स्वयं बड़प्पन अनुभव करना चाहते थे। इसके लिए हमसे और हमारे पड़ोसी 'दीना बाबू' से कभी किसी प्रति दान की आशा न होने पर भी उन्होंने कितनी ही बार हमें काफी-हाउस में काफी पिलाई और घर पर भी चाय और शरबत से सत्कार किया। लाल की इस सब उदारता का मूल्य हम इतना ही देते थे कि उन्हें अपने से अधिक बड़ा आदमी और अमीर स्वीकार करते रहते। दफ्तर के चपरासी लाल का आदर लगभग बड़े साहब के समान ही करते थे। लाल के आने पर उनकी साइकिल थाम लेते और छुट्टी के समय साइकिल को झाड़-पोंछ कर आगे बढ़ा देते। कारण यह कि लाल कभी पान या सिगरेट का पैकेट मँगाते तो कभी कभार रुपये में से शेष बचे दाम चपरासी को बख्शीश में दे देते।

हम लोग तो इस दफ्तर में तीन चार बरस से काम कर रहे थे; पचहत्तर रुपये पर काम आरम्भ करके सवासौ तक पहुँच गये थे। दफ्तर की साधारण सालाना तरक्की के अतिरिक्त कोई सुनहरा भविष्य सामने था नहीं। वह आशा भी नहीं थी कि हमें कभी असिस्टेन्ट या मैनेजर बन जाना है परन्तु के० लाल शीघ्र ही किसी ऐसी तरक्की की आशा में थे। तीन-चार मास पूर्व ही वे किसी बड़े आदमी की सिफारिश से दफ्तर में आये थे। प्रायः बड़े आदमियों से मिलने-जुलने की बात इस भाव से करते कि अपने समान आदमियों को ही बात कर रहे हों। अक्सर कह देते— ग्राहम ऐण्ड ग्रिण्डले के दफ्तर से उन्हें चार सौ का आफर है, अभी सोच रहे हैं···या मैकेन्जी एण्ड विनसन उन्हें तीन-सौ तनख्वाह और बिक्री पर तीन प्रतिशत मय फर्स्ट क्लास किराये के देने के लिए तैयार है, लेकिन सोच रहे हैं···।

हमारे दफ्तर में उन्हें लोहे की सलाखों और चादरों के आर्डर बुक करने का काम दिया गया था। इस ड्यूटी के कारण उन्हें दफ्तर के समय की पाबन्दी कम रहती, घूमने फिरने का समय मिलता रहता और वे अपने आपको साधारण बाबुओं से भिन्न समझते। इस काम में कम्पनी को कोई विशेष सफलता उनके आने से नहीं हुई थी इसलिए शीघ्र ही कोई तरक्की पा जाने की लाल की आशा हमें बहुत सार्थक नहीं जान पड़ रही थी परन्तु लाल को अपने उज्ज्वल भविष्य पर अडिग विश्वास था। ऊँचे दर्जे के खर्च से बढ़ते हुए कर्जे की चिन्ता के कारण उनके माथे पर कभी तेवर नहीं देखे गये और न उनके चाय, शरबत और सिगरेट 'आफर' (प्रस्तुत) करने में कोई कमी देखी गयी। उन्हें ज्योतिषी द्वारा बताये अपनी हस्तरेखा के फल पर दृढ़ विश्वास था।

जैसे जंगल में आग लग जाने पर बीहड़ झाड़-झंखार में छिपे जानवरों को मैदानों की ओर भागना पड़ता है और टुच्चे-टुच्चे शिकारियों की भी बन आती है वैसे ही पिछले युद्ध के समय महान् राष्ट्रों को परस्पर संहार के लिए साधारण पदार्थों की अपरिमित आवश्यकता हो गयी थी। सर्व-साधारण जनता तो अभाव से मरने लगी, परन्तु व्यापारी समाज की बन आयी। अब हमारी मिल को ग्राहक और एजेण्ट ढूँढ़ने नहीं पड़ रहे थे बल्कि ग्राहक और एजेण्टों से पीछा छुड़ाना पड़ रहा था। लाल का काम

सहल हो गया। उनका काम था मिल के लोहे का कोटा बाँटना और मिल के लिए लाभ की प्रतिशत दर बढ़ाना।

दस्तूरन तो के० लाल की तनख्वाह में कोई अन्तर नहीं आया परन्तु अब वे साइकिल पर पाँव चलाते दफ्तर आने के बजाय टाँगे या रिक्शा पर आते दिखाई देते। टाँगे वाले की ओर रुपया फेंक कर, बाकी रेजगारी के लिए नहीं बल्कि उनके सलाम का जवाब देने के लिए ही उसकी ओर देखते। कई बार उनके मुख से सेकेण्ड हेन्ड-'शेवरले' या 'वाक्सहाल' की गाड़ी का ट्रायल लेने जाने की बात भी सुनाई दी। अब वे चार-चार, पाँच-पाँच आदमियों को काफी-हाउस ले जाने लगे और उन्मुक्त उदारता से पूछते—"व्हाट बुड यू लाइक टु हैव? (क्या शौक कीजियेगा?)"

अपने घर पर भी अब वे अधिक निमंत्रण देने लगे। उनके घर जाने पर भी हर बार कोई न कोई नयी चीज दिखाई देती। कमरे का आकार बढ़ नहीं सकता था, इसलिए वह फर्नीचर और सामान से अटा जा रहा था। जगह न रहने पर कुर्सियाँ, सोफाओं के पीछे रख दी गयी थीं और टी टेबलें, कार्नर-टेबलें और पेग टेबलें मेजों और सोफाओं के नीचे दबानी पड़ रही थीं। मेहमानों के सत्कार में भी अब केवल चायदानी या शरबत का जग ही सामने नहीं आता था। के० लाल तराशे हुए बिल्लौर का डिकेण्टर उपेक्षा से उठकर आग्रह करते—"हैव ए डैश आफ ह्विस्की! (एक दौर ह्विस्की का हो जाय!)"

धन्यवाद सहित नकारात्मक उत्तर दे देने पर भी वे अपनी उदारता को समेटने के लिए तैयार न थे; आग्रह करते—"तो रम लो। ···अच्छा, गिमलेट?"

युद्ध के दिनों में कुछ समय वैकाइयों (W.A.C.A.I.) की भी बहार आयी थी। सर्वसाधारण लोग बाजार में जवान, चुस्त, बेझिझक छोकरियों के दलों को देख कर हैरान थे जैसे नीलगायों का कोई दल नगर की सीमा में फाँद आया हो। सामर्थ्य रखने वाले लोग प्रायः इनकी संगति का प्रदर्शन कर गौरव अनुभव करते थे। ऐसी तीन चार हँसमुखियाँ के० लाल साहब की महफिल में भी शोभा बढ़ाने लगीं।

श्री के० लाल के माता-पिता अपेक्षाकृत रूढ़िवादी हैं। आचार-व्यवहार के सम्बन्ध में उनकी धारणा धर्म, पाप और पुण्य के विचारों से

बँधी है। अपने एक मात्र पुत्र की सांसारिक समृद्धि से उन्हें सन्तोष और गौरव अनुभव होता था परन्तु उसकी आचार सम्बन्धी उच्छृङ्खलता से अपना धर्म और परलोक बिगड़ जाने की बात की भी वे उपेक्षा न कर सकते थे। एक दिन माता-पिता और पुत्र की आचार सम्बन्धी धारणाओं में परस्पर-विरोध के कारण धर्मयुद्ध ठन गया।

उस दिन के० लाल ने अपने अन्तरंग मित्र मि० माथुर और वैकाई में काम करने वाली उनकी पत्नी तथा उनकी साली को 'डिनर' और 'काकटेल' (शराब) पार्टी के लिए निमन्त्रित किया था। इस प्रकार की पार्टियाँ प्रायः होती ही रहती थीं परन्तु इस सावधानी से कि ऊपर की मंजिल में रसोई-चौके के काम में व्यस्त उनकी माँ और संग्रहणी के रोग से जर्जर खाट पर पड़े उनके पिता को पार्टी की बातचीत और खानपान के ढङ्ग का आभास न हो पाता था। पार्टी के कमरे से रसोई तक सम्बन्ध नौकर या श्रीमती लाल द्वारा ही रहता था। मिसेज लाल सास-ससुर की धार्मिक निष्ठा की अपेक्षा अपने पति के सन्तोष को ही अपना धर्म मानती थी। सास के निर्मम अनुशासन की अपेक्षा पति की उच्छृङ्खलता उनके लिए अधिक सह्य थी।

उस सन्ध्या ऊपर और नीचे की मंजिलों का प्रबन्ध अलग-अलग रखने के प्रसंग में श्रीमती लाल ने पति से पूछा—"विद्या और आनन्द का क्या होगा?"

के० लाल की बहिन विद्या अपने पति आनन्द सहित आगरे से आकर एक सप्ताह के लिए भाई के यहाँ ठहरी हुई थी। बहिन और बहनोई को मेहमानों से मिलने से रोके रहना सम्भव न था। इसमें आशंका भी थी, क्योंकि विद्या को इस कम उम्र में ही धार्मिकता का गर्व अपनी माँ से कुछ कम न था।

दाँत से नाखून खोंटते हुए लाल ने सलाह दी—"तुम विद्या को समझा दो।"

"यह मेरे बस का नहीं···।" श्रीमती लाल ने दोनों हाथ उठा कर दुहाई दी, "तुम ही आनन्द को समझा दो वही विद्या को संभाल सकता है।"

यही तय पाया और लाल ने आनन्द को एक ओर ले जाकर उसके हाथ अपने हाथों में थाम विश्वास और भरोसे के स्वर में समझाया—

"आज मेहमान आ रहे हैं!···मेहमानों के लिए तो करना ही पड़ता है। तुम तो होगे ही।···अगर विद्या को एतराज हो तो कुछ समय के लिए टाल देना या उसे समझा दो।···तुम जैसा समझो। विद्या को पहले से समझा देना ठीक होगा। उसे शायद यह बात विचित्र जान पड़े। माता जी के विचार और विश्वास तो तुम जानते ही हो। वह जाकर माता जी को न कुछ कह दे!" लाल ने मुस्कराकर अपना पूर्ण विश्वास और भरोसा प्रकट करने के लिए बहनोई के हाथ जरा और जोर से दबा दिये।

आनन्द ने विद्या को एक ओर बुलाकर समझाया—"···आजकल के जमाने में यह सब होता ही है। भैया की मजबूरी है···। तुम जानती हो मैं तो कभी पीता नहीं। हमारी वजह से इन लोगों के मेहमानों को क्यों परेशानी हो? तुम इतना ध्यान रखना कि माता जी को नीचे न आना पड़े।" विद्या ने सुना और मानसिक आघात से चुप रह गयी।

मिस्टर माथुर, मिसेज माथुर अपनी साली के साथ जरा विलम्ब से पहुँचे। पार्टी शुरू हो गयी थी। पहला पेग चल रहा था। हँसी-मजाक की दबी-दबी आवाजें ऊपर की मंजिल में पहुँच रही थीं। आनन्द कुछ देर नीचे बैठता और फिर ऊपर जाकर देख आता कि सब ठीक है।

विद्या ने पूछा—"नीचे क्या हो रहा है?"

भरोसे में आनन्द ने जो हो रहा था बता दिया फिर नीचे आ हँसी-मजाक में रम गया।

माँ जी जानती थीं कि हँसी-मजाक और गप्पबाजी में लगे मेहमान लोग आधी रात से पहले खाना नहीं खायेंगे, इसलिए उन्होंने बहू को पुकार कर चेतावनी दे दी—"यहाँ रात भर चूल्हे के पास बैठना मेरे बस का नहीं। वे लोग जब खायें, तुम खिलाती रहना।"

रसोई से निकलने से पहले माँ जी ने बेटी को पुकारा—"···तू खा लेगी या आनन्द की राह देखती रहेगी?"

"आप लोग खाइये, मुझे नहीं खाना है!" विद्या का अनुस्वार ध्वनित उत्तर सुनायी दिया। बेटी के स्वर में रुलाई का आभास पाकर माँ जी ने आशंका से पुकारा, "सुन तो, यहाँ तो आ।···बात क्या है?"

दो-तीन बार पुकारी जाने पर विद्या मुँह लटकाये माँ जी के सामने पहुँची और समीप बैठ घुटनों में सिर छिपा रो पड़ी।

माँ जी के बार-बार विह्वल स्वर में बेटी के रोने का कारण पूछने पर विद्या ने फूट-फूट कर रोते हुए बताया—"हाय मैं कहाँ आ मरी। मुझे मालूम होता कि अब यह होता है तो मैं इन्हें लेकर क्यों आती···!"

माँ जी ने बेटी के सिर पर हाथ रख कर, अपनी कसम दिला कर पूछा—"बोलती क्यों नहीं···क्या बात है?"

तब विद्या ने रो-रो कर बताया—"बताऊँ क्या!···मुझ पर ही बीतेगी···उन्हें नीचे बैठाकर शराब पिला रहे हैं। जाने कौन दो राँड़ें आयी हुई हैं?···भैया बड़े आदमी हैं, चाहे जो करें। मैं तो कहीं की न रहूँगी।···इन्हें लत लग गयी तो मुझ पर क्या बीतेगी?"

माँ जी के मस्तिष्क में अपने परिवार के सर्वनाश की आशंका और भयंकर पाप के प्रति क्रोध की चिनगारियों की आतिशबाजी सी छूट गयी। जिस अवस्था में बैठी थीं—पके उलझे खुले बाल, पुरुष की दृष्टि के प्रति निःशंक, शिथिल खुले शरीर पर बेपरवाही से डाला हुआ धोती का आँचल—वैसे ही जीना उतरते समय धोती को पाँव में उलझ जाने से बचाने के लिए उत्तेजना में घुटनों से भी ऊपर उठाये वे नीचे की मंजिल में आ पहुँचीं। धक्का देकर उन्होंने बैठक के किवाड़ खोल दिये।

बिजली के प्रकाश में उन्होंने जो कुछ देखा उससे क्रोध में बदहवास हो गयी। जैसी अपनी सन्तान को भेड़ियों के मुँह में जाते देख गैया क्रोध और दुस्साहस में अपने सामर्थ्य के औचित्य की चिन्ता न कर शेर के मुँह में अपनी सींग अड़ा दे।

नीचे बैठे लोग अपनी हँसी-मजाक के ठहाके में माँ जी के जीना उतरने की आहट न पा सके थे। के० लाल रंग में आकर माथुर की साली को अपना पेग खत्म करने में सहायता देने के लिए उनका गिलास उठा कर उसके मुख से लगाये थे। मिसेज माथुर के० लाल को संतुष्ट करने के लिए मुस्कराती हुई अपने गिलास में बोतल से नया पेग डाल रही थीं।

उसी समय भयंकर चीत्कार का शब्द सुन सब की दृष्टि दरवाजे की ओर गयी और देखा माँ जी को—केश बिखरे, अर्ध नग्न शरीर। उनकी आँखें दिन के प्रकाश में जलते बिजली के टार्च के बल्बों की तरह निस्तेज होकर भी चमक रही थीं।

अपनी ढीली धोती के खिसक जाने की भी परवाह न कर माँ जी दोनों हाथ आगे बढ़ा कर चिल्ला उठीं—"सत्यानाश हो तुम रांड़ों का!··· तुम्हारा कोई न रहे!···दूसरों का घर उजाड़ रही हो!···अपनों को लेकर मरो!"

सब लोग स्तब्ध रह गये। लाल ने माथुर की साली के ओठों से लगाया हुआ गिलास और मिसेज माथुर ने अपने हाथ में थामी हुई बोतल तुरन्त मेज पर रख दी। मेहमानों के होंठ और नेत्र विस्मय में फैले रह गये।

के० लाल स्थिति सँभालने के लिए अपने स्थान से उठ तुरन्त माँ जी के समीप पहुँचे और उनके कन्धों पर हाथ रख कर दबे स्वर में धमका कर बोले—"यह आप क्या तमाशा कर रही हैं? आपको घर की इज्जत का कुछ ख्याल नहीं? मेहमानों से आप क्यों उलझ रही हैं? आपको जो कुछ कहना है, गाली देना है, जूते मारना है, हमें ऊपर बुला कर कीजिये!"

परन्तु माँ जी इस सर्वनाश के सन्मुख क्या औचित्य सोचतीं? उन्होंने बेटे की भर्त्सना अनसुनी कर दोनों उपस्थित श्रीमतियों की ओर हाथ फैला कर चिल्लाना शुरू किया—"हाय-हाय रण्डियो तुम मर जाओ! ···हाय-हाय रण्डियो तुम्हारा वंश उजड़ जाये!···हाय-हाय रण्डियो तुम्हारे सिर में आग लगे!···निकलो यहाँ से नहीं तो झाड़ू मार कर···।"

के० लाल माँ जी के मुँह पर हाथ रखकर और आनन्द उन्हें बाँहों से थामकर एक ओर ले जाकर चुप कराने की चेष्टा कर रहे थे परन्तु उनका स्वर तीखा होता जा रहा था—"निकलो अभी तुम्हारा झोंटा पकड़ कर···।"

मिस्टर माथुर, मिसेज माथुर और उनकी साली सिर झुकाये उठे और सकपका कर दूसरे कमरे में से हो आँगन में आ, गली में उतरते जीने से निकले जा रहे थे।

यह स्थिति देख लाल के प्राण कण्ठ में आ गये। माँ जी को छोड़ वे तुरन्त मेहमानों के सामने जाकर राह रोक कातर स्वर में बोले—"आप लोग ठहरिये। एक मिनट ठहरिये। मुझे बहुत खेद है, मैं क्या कह सकता हूँ!···आप लोग एक मिनट ठहरें। अभी सब ठीक हो जायेगा।" के०

लाल गिड़गिड़ाते रहे परन्तु मेहमान विवशता से झुकी आँखों से क्षमा माँगते हुए सीढ़ी उतर गये।

मेहमानों के चले जाने पर भी माँ जी ऊँचे स्वर में अपने पुत्र और परिवार का सर्वनाश करने वालों को अभिशाप दिये जा रही थीं। विद्या भी नीचे उतर आयी और एक कोने में खड़ी हो रोने लगी। उसे देखकर आनन्दनारायण ने धमकाया—"यह सब तुम्हारी शरारत है। अब ऊपर से दुखिया बन रही हो!"

इस धमकी से चुप न होकर विद्या ने कड़े स्वर में उत्तर दिया—"तुम शराब पियो, व्यभिचार करो, झूठ बोलो और उलटे मुझे गाली देते हो!"

मेहमानों के चले जाने पर के० लाल ने चिल्लाती हुई माँ जी के सामने अपनी बाँह उठा कर माँ जी के स्वर से भी ऊँचे स्वर में घोषणा की—"माँ जी, आपने मेरे घर में, मेरे सामने, मेरे मेहमानों को बेइज्जत किया है। मेहमानों के इस अपमान का प्रायश्चित्त मैं अपनी जान देकर करूँगा।"

यह घोषणा कर लाल दीवार के समीप फर्श पर बैठ गये और अपना सिर जोर-जोर से पक्की ईंटों से टकराने लगे। यह दृश्य देख श्रीमती लाल चीख कर दौड़ीं और पति के सिर को चोट से बचाने के लिए दीवार को अपने शरीर की आड़ में ले लिया। प्राण विसर्जन का प्रण किये लाल माने नहीं। दीवार की ओर बाधा पा वे अपना सिर फर्श से टकराने लगे। श्रीमती लाल और भी जोर से चिल्लाने लगीं—"हाय मार डाला! हाय मैं मर गयी!"

विद्या भी जोर से 'भैया-भैया' चिल्लाती हुई लाल से लिपटने लगी। आनन्द ने भी लाल को थामने का यत्न किया।

इस सब कोहराम का कोलाहल ऊपर पहुँचा और पिता जी अपनी खाट से उठ कर छज्जा पकड़ कर चिल्ला-चिल्ला कर पूछने लगे—"क्या है, क्या हुआ?"

अपने प्रश्न का कोई उत्तर न पा वे क्रोध में गाली देने लगे, "···हरामजादे, सुनते नहीं!"

माँ जी का हृदय बेकाबू हो उठा। वे भी दौड़ कर पुत्र के सिर को अपनी गोद में छिपा लेने का यत्न करने लगीं परन्तु लाल तब तक काफी चोट खा चुके थे और बेहोश होकर लेट गये।

यह देख श्रीमती लाल ने एक बहुत ही दारुण चीख मारी और अपना सिर पीटती हुई सास को गालियों से अभिशाप देने लगी। आँगन से भयंकर विलाप स्वर उठ खड़ा हुआ। विद्या भैया के लिए और माँ जी पुत्र के लिए अपनी छाती पीट कर चीखने लगीं।

आनन्द इन सबको परे हटा, चुप रहने के लिए धमका कर लाल के मुख पर पानी से छींटे देकर उन्हें सुध में लाने का यत्न कर रहा था।

पिताजी भी दीवार का सहारा लेते हुए जीने से उतर आये और पुत्र की अवस्था देख कर दोनों हाथों में सिर थाम कर फर्श पर बैठ गये और फिर साँस लेकर पुत्रहन्ता माँ जी को 'डायन', 'चुड़ैल' और 'राक्षसी' संबोधन करके गालियाँ देने लगे और उन्होंने घोषणा की—"अगर मेरे बेटे को कुछ हो गया तो पहले मेरी लाश नीचे उतरेगी। उन्होंने अपने लिए श्मशान यात्रा का प्रबन्ध करने की आज्ञा दे दी। आँगन की दीवार के साथ खड़ी, कपड़ा धोने की मूसली पर उनकी दृष्टि पड़ी। उन्होंने मूसली उठा सिर पर मार आत्महत्या की चेष्टा शुरू कर दी। जमाई और बेटी ने दौड़ कर वह मूसली उनसे छीन ली। दम उखड़ जाने से विवश हो वे पुत्र के समीप ही फर्श पर लेट गये और बोले—"अब मुझे यहाँ से श्मशान ही ले जाना।"

विद्या अब कीरने से (मृत्यु के समय लय से रोने के स्वर में) चीख रही थी—"हाय मैं मर गई। मैंने तो तुम्हारा धर्म रखने के लिए ही सच कहा था। हाय परमात्मा, तू मुझे उठा ले। मेरे भाई का बाल न बाँका हो!"

माँ जी अपना सिर पुत्र के चरणों में रख कर बोलीं—"तुम मेरे ईश्वर हो तुम मेरे देवता हो। मेरे अपराध क्षमा करो। उठ कर मेरे अपराध का दण्ड दो।"

के० लाल के यहाँ कोलाहल मचता ही रहता था इसलिए पड़ोसियों ने बहुत देर तक उस ओर ध्यान नहीं दिया परन्तु जब उस कोलाहल की दारुणता की ओर ध्यान गया तो दीना बाबू को पहुँचना ही पड़ा। दो-एक दूसरे और पड़ोसी भी आ पहुँचे। किसी ने सुझाया, डॉक्टर को नहीं बुलाया?"

दीना बाबू डॉक्टर को बुलाने गये। के० लाल के यहाँ से बुलावा होने के कारण आधी रात में भी पड़ोस के डॉक्टर नाथ दौड़े हुए आये। डॉक्टर भी लाल की उदारता के आभारी थे।

डॉक्टर ने आकर चिन्ता से लाल की नाड़ी की परीक्षा की और फिर हृदय को टटोला, पलकें पलट कर टार्च से पुतलियों को देखा और बोले—"चिन्ता की कोई बात नहीं।"

आनन्द ने बेहोशी का कारण लाल का फिसल कर गिर पड़ना और सिर फर्श से टकरा जाना बतलाया था। डॉक्टर ने फिर कहा—"चिन्ता की कोई बात नहीं। चोट के कारण बेहोशी आ गयी जान पड़ती है।" पानी मँगा कर उन्होंने लाल के मुख पर छींटे दिये। उन्हें होश में आते न देख डॉक्टर ने उनका नाक और मुँह दबा दिये। पहले तो लाल निश्चल रहे परन्तु फिर उनका शरीर तिलमिलाया और वे छटपटा कर उठ बैठे।

डॉक्टर के आ जाने से विलाप का स्वर बन्द हो गया था। मूर्छा से उठ कर लाल ने मूर्छा से जागने वाले व्यक्ति की तरह स्वाभाविक प्रश्न पूछे—"क्या हुआ? ···मैं कहाँ हूँ?"

डॉक्टर और दूसरे लोगों के चले जाने पर लाल फिर फर्श पर लेट गये और बोले—"मेरे घर में अतिथि का अपमान हुआ है। मैं यहाँ ही प्राण त्याग कर प्रायश्चित्त करूँगा उठूँगा नहीं!"

इस पर पिता जी ने पुत्रहंता माँ को फिर से गालियाँ देना आरम्भ किया। माँ जी ने पुत्र के चरणों में सिर रख कर बार-बार दुहाई दी और अपने देवता स्वरूप, परमेश्वर के अवतार बेटे की इच्छा के विरुद्ध जबान न हिलाने की प्रतिज्ञा की। सब लोग लाल से उठ कर भीतर चलने के लिए अनुरोध कर रहे थे परन्तु लाल प्राण रहते उस स्थान से उठने के लिए तैयार न थे।

आखिर लाल ने एक दीर्घ निश्वास ले अपनी शर्त रखी—"जिन अतिथियों को अपमान करके घर से निकाला गया है, उन्हें आदर पूर्वक अभी वापस बुलाया जाय, उनसे अपने अपराध की क्षमा माँग लेने के बाद ही वे फर्श से हिलेंगे।"

रात का डेढ़ बज चुका था परन्तु घर भर ने आनन्दनारायण से अनुरोध किया कि वह इसी समय जाकर मिस्टर माथुर, उनकी पत्नी और साली को सवारी पर लिवा लायें।

मि० माथुर, मिसेज माथुर और उनकी साली के सामने विकट परिस्थिति थी। जिस घर से गाली देकर, झोंटा पकड़ कर और झाड़ू मारने की धमकी देकर निकाला गया हो, रात बीतने से पहले ही फिर उसी घर में जाना उनके लिए कैसे सम्भव हो सकता था? परन्तु आनन्द ने गिड़गिड़ाकर उनके सामने स्थिति रखी—"इस समय भैया, भाभी और पिता जी के प्राणों की रक्षा आपके ही हाथ में है। आप लोग इस समय नहीं चलेंगे तो सुबह तक जाने आपको क्या समाचार मिले? इस समय आपके हाँ या ना पर ही सब कुछ निर्भर है।" वे लोग उसी समय लाल के यहाँ पहुँचने के लिए विवश हो गये।

लाल आँगन के फर्श पर खुले में, आत्मीयों से घिरे कुरुक्षेत्र के मैदान में शर-शैया पर लेटे भीष्म पितामह की तरह पड़े थे। श्रीमती लाल, विद्या, माँ जी और पिता जी उन्हें घेरे बैठे थे। मेहमानों के लौट आये बिना लाल उठने के लिए तैयार न थे। उन्हें सर्दी खा जाने से बचाने के लिए कुछ कंबल उन पर लाकर डालने की चेष्टा कई बार की गयी परन्तु उन्होंने कंबल को परे फेंक दिया—मेहमानों से क्षमा पाये बिना प्राण रक्षा का कोई प्रयत्न करने के लिए वे तैयार न थे।

अतिथि लौट कर आये और सम्बन्धियों के साथ ही लाल को घेर कर बैठ गये। लाल की इच्छा फर्श से उठने की न थी। वे चाहते थे केवल एक बात—अतिथि सच्चे हृदय से उनका अपराध क्षमा कर दें और वे शांत चित्त से, वहीं लेटे-लेटे अपने प्राण विसर्जन कर दें।

परन्तु जब मिसेज माथुर, उनकी साली और उनकी बहिन ने उन्हें बार-बार अपने सिर की कसमें देकर और उनकी बाँहें खींच-खींच कर उठने का अनुरोध किया और बीती घटना के लिए मन में कतई मैल न होने का विश्वास दिला कर आगामी संध्या ही उनके यहाँ डिनर और काकटेल पार्टी स्वीकार कर ली तो एक बाँह मिसेज माथुर के कन्धे पर और दूसरी बाँह उनकी बहिन के कन्धे पर रखे और श्रीमती लाल के पीठ को सहारा देने से लाल फर्श से उठे और इस आमरण सत्याग्रह को छोड़ धर्मयुद्ध में घायल परन्तु विजयी महारथी की भाँति लड़खड़ाते हुए डिनर की टेबिल पर जा बैठे।

•

# मनु की लगाम

देबू के पिता काफी बड़े ठेकेदार थे। जमीन-जायदाद भी कम न थी। लड़के का व्रतबन्ध (जनेऊ) जरा धूमधाम से करना चाहते थे। सम्बन्धियों और रिश्तेदारों को भी इस अवसर से बड़ी-बड़ी आशाएँ थीं इसलिए उत्सव कई वर्ष तक टलता रहा।

आखिर जनेऊ हुआ और खूब धूम-धाम से। सुनते हैं, उस सस्ते जमाने में ठेकेदार साहब ने लड़के के जनेऊ पर पाँच-छः हजार रुपये खर्च कर डाले। रिश्ते के भांजों और जमाइयों तक को उत्सव में बुलाया गया और सबको संतुष्ट किया गया।

देबू को उत्सव का शौक तो था परन्तु जनेऊ पहन कर नियम निबाहने वाले लोगों का बँधा और कड़ा जीवन देख कर, इस व्रत के नियमों की जिम्मेदारी से आशंका भी अवश्य थी।

व्रतबन्ध के उत्सव के समय ठेकेदार साहब और दूसरे रिश्तेदारों ने अपने मन का चाव पूरा करने के लिए देबू को एक पीली लंगोटी पहनायी, विशेष यत्न से मँगाया गया काले मृग का चर्म ओढ़ाया और चाँदी का भिक्षा-पात्र हाथ में देकर, ब्रह्मचर्य का कठिन जीवन

आरम्भ करने के प्रतीक स्वरूप उत्सव में आये लोगों से भीख भी मँगवायी।

बड़े ठेकेदार के प्रति आदर और उनके बेटे के प्रति स्नेह प्रकट करने के लिए उपस्थित सज्जनों ने देबू के हाथ में थमे चाँदी के भिक्षा-पात्र में मुस्करा-मुस्करा कर नोट, गिन्नी और चाँदी के चमकते सिक्कों के रूप में भिक्षा डाली। गिनने पर वह रकम लगभग सवा-तीन सौ रुपये निकली।

व्रतबन्ध के उत्सव पर जनेऊ पहनने वाले को उत्साह से भिक्षा देने के लिए अपने ही घर पर आये लोगों से भिक्षा इकट्ठी करने का काम तो एक ही दिन की बात थी, परन्तु जनेऊ के कड़े नियमों का पालन नित्य की बात।

उसी संध्या जब देबू उस्तरे से घुटे, कोरी हांडी जैसे सिर पर कील की तरह खड़ी चुटिया बाँधे, जाड़े में केवल एक धोती पहन कर खाना खाने के लिए चौके में बैठा तो बहन ने चौके के समीप आ, अंगूठा दिखा कर भाई को चिढ़ाया—''अब खाना प्याज और बाजार की चाट! बहुत दिखा-दिखा कर खाता था!''

देबू उस समय तो मन मार कर रह गया और जनेऊ पहन लेने के बड़प्पन के संतोष में उत्तर दिया—''ऊँह, न सही।'' परन्तु अगले ही दिन जब कड़ी सर्दी में सुबह ही उसे नहाने के लिए पुकारा गया तो जान पड़ा कि मनु महाराज का दिया प्रतिष्ठा का चिह्न संतोष की अपेक्षा दुख का ही विशेष कारण है।

बड़ी बहिन ने दिन में तीन-चार बार उँगली की गाँठ से उसके सिर पर टुल्ला मार कर उसका अपमान किया। जब देबू ने इस अपमान का बदला लेने के लिए, बहिन की चुटिया पकड़ कर झकझोरा तो सभी विरोध कर उठे—''अरे, अरे, जनेऊ पहन कर भी लड़कपन करता है?'' और फिर टुल्लाबाजी बहिन तक ही सीमित नहीं रही। मुहल्ले और बिरादरी के सभी लड़के इस अधिकार का प्रयोग करने को अधीर थे। देबू किस-किस से मारपीट करता!

जेब में पैसा रहता, हाथ और मुँह खुले होने पर भी मनमानी चीज न खा सकने की विवशता भी असह्य हो रही थी। देबू बार-बार सोच रहा था कि जब अभी तक कोई भी चीज खा लेने से कुछ नहीं बिगड़ा तो कंधे से तीन धागे लटका लेने से ही क्या वही चीजें खा लेने से वह

बीमार हो जायेगा? अगर जनेऊ पहन लेने से ही बाजार की चीजों का खाना पाप हो गया तो जनेऊ पहनना ही गलती हुई। देबू बचपन से यही विश्वास करता आया था कि आयु बढ़ने से लड़कों की स्वतन्त्रता और अधिकार बढ़ जाते हैं परन्तु इस व्रतबन्ध ने सहसा उसके कितने ही अधिकार और स्वतन्त्रता छीन ली।

तीसरे ही दिन संध्या समय एक घटना हो गयी। देबू स्कूल से बगल में पुस्तकें दबाये दौड़ता हुआ आया। पुस्तकें एक ओर पटक कर उतावली में पानी का लोटा उठाकर टट्टी में जा घुसा। निवृत्त हो आँगन में आकर हाथ धोने के लिए पानी जल्दी लाने के लिए उसने बहिन को धमकाया।

बहिन ने देबू की धमकी की उपेक्षा कर जोर से चिल्ला कर माँ से और सब लोगों से शिकायत की—"देखो तो, अरे देखो तो, देबू जनेऊ कान पर चढ़ाये बिना टट्टी चला गया!"

"राम-राम! छी-छी! '···यह क्या किया?' ···बड़ा पागल है।' '···बड़ा गन्दा है!' '···म्लेच्छ है!' इतना बड़ा लौंडा हो गया, पर ज़रा भी अक्ल नहीं! बिल्कुल चमार है!" घर भर में शोर मच गया।

और फिर विचार और चिन्ता के पश्चात् निश्चय हुआ कि देबू को एक उपवास करा कर स्नान के पश्चात् मंत्र पढ़कर नया जनेऊ पहनना होगा। ऐसा ही हुआ भी। अपवित्रता से शिथिल हो गये देबू के व्रतबन्ध को जब प्रायश्चित्त से पुनः स्थापित किया जा रहा था तब देबू का मनु भीतर ही भीतर कराह रहा था; 'क्यों न कुछ दिन मुझे ऐसे ही, मनु की लगाम से मुक्त ही रहने दिया जाय? कितने ही आदमी इस लगाम से मुक्त, मनमौजी ढंग से जीवन बिताते हैं। उनका भी तो कुछ बिगड़ नहीं जाता। क्या इस धागे का मूल्य जीवन के सब सुख-दुख तथा स्वतन्त्रता से अधिक है? परन्तु देबू की अनिच्छा और अनुत्साह की परवाह न की गयी। वंश और वर्ण का सम्मान लड़के की उच्छृङ्खलता से अधिक महत्वपूर्ण वस्तु थी।

देबू अल्मोड़ा के मिशन हाई स्कूल में पढ़ता था। अगले ही रविवार वह अपने दो मित्र ईसाई लड़कों के साथ सैर के लिए 'कोसी' चला गया। यहाँ देबू के मित्र गार्डन की ननिहाल थी। गार्डन की माँ अपने मायके में थी। उसने अपने लड़के और उसके दोनों मित्रों को चाय

पिलायी और उबले आलू पनीर के साथ खाने के लिए दिये। देबू इससे पहले अपनी उच्छृङ्खलता में परहेज की चिन्ता न करता था परन्तु अब मनु का बन्धन जनेऊ जो मौजूद था। ईसाई के हाथों बनी चीज मुख में डालते देबू को पाप और अपवित्रता की आशंका हुई। व्रतबंध टूट जाने के भय से उसे रोमांच-सा हो आया। परन्तु ममता से खाने के लिए दी गयी चीज ठुकरा देने का साहस भी न हुआ। देबू ने आलू खाकर चाय पी ली।

किन्तू देबू के मन में अनुचित कार्य हो जाने का संकोच बना रहा। कपड़ों के भीतर शरीर पर चिपका मनु का बन्धन मानो उसके मन और शरीर को भीतर ही भीतर कचोट रहा था। देबू का मन बहुत खिन्न हो उठा। मन की अशान्ति दूर कर देने के लिए वह अकेले ही सितौली के जंगल की ओर घूमने चला गया।

"क्या करूँ? मन कैसे शान्त हो?" बार-बार मन में ये प्रश्न उठते। आखिर देबू ने कुरते के भीतर हाथ डाल कर लगातार चिकोटते हुए जनेऊ को खींच कर तोड़ दिया और निकाल कर एक काँटे भरी झाड़ी में फेंक दिया। एक झंझट से मुक्ति पा लेने के ढंग से अपने आप उराने कहा—"लो बस! इसी लगाम ने तो मेरा मुँह बाँध रखा था और मेरे लिए सब कुछ पाप बना दिया था!"

देबू फिर से खाने-पीने के बारे में उच्छृङ्खल हो गया। घर में इस बात पर शोर मचा; आपत्ति हुई, डाँट पड़ी, गाली मिली, घर से निकाल दिये जाने की धमकी दी गयी। देबू अनसुनी कर देता लेकिन जब कोई समझाता तो वह बहस करने लगता—"भगवान् ने ही ब्राह्मण बनाया है तो जनेऊ पहन कर ब्राह्मण बनने की क्या जरूरत?—भगवान् ने खाने के लिए चीजें बनायी हैं तो क्यों न खायें? ····भगवान् के बनाये जैसे दूसरे आदमी वैसे ही हम।···हम क्यों लगाम पहनें?"

बिगड़ैल और मुँहजोर जानकर लोगों ने उसे समझाना छोड़ दिया। जनेऊ न पहनने से देबू को कोई भी हानि न उठानी पड़ी; उच्छृङ्खलता का अधिकार मुनाफे में मिला। द्विज का चिह्न न पहनने पर भी वह द्विज की सन्तान था। यह बात सब कोई जानते थे। द्विज होने के लिए प्रमाण की जरूरत क्या? देबू जनेऊ से मुक्त होकर भी द्विज के अधिकारों से वंचित न हुआ।

बहुत वर्ष बीत गये। देबू बचपन के खेल और शरारतें छोड़, अल्मोड़ा के कायमाब वकील बन गये और फिर कांग्रेस कमेटी के मंत्री बन कर वे 'देवदा' पुकारे जाने लगे।

देवदा कांग्रेस के अछूतोद्धार कार्यश्रम में भाग ले रहे थे। जिले के गाँवों में जाकर उन्होंने महात्मा गाँधी का सन्देश सुनाया था—"सब मनुष्य भगवान् की सन्तान हैं और भगवान् की दृष्टि में समान हैं। हरिजन हरि के प्यारे हैं। उन्हें सवर्णों के समान ही हरि-मन्दिर में प्रवेश करने और सार्वजनिक कुओं से जल लेने का अधिकार होना चाहिए।"

हरिजनों के सवर्णों से बराबरी का दावा करने के कारण जिले में जगह-जगह उत्पात भी हो रहे थे। कहीं हरिजनों के ब्याह के समय दूल्हे के डोली-पालकी पर चढ़ सकने के अधिकार के सम्बन्ध में झगड़ा हो जाता और कभी हरिजनों के ब्याह शादी में सवर्णों की तरह बाजा बजाने से सवाल पर। काँग्रेस कार्यकर्ताओं को इन मामलों में काफी परेशानी उठानी पड़ती। वे महात्मा गाँधी की आज्ञा पूरी करना या हरिजनों को हिन्दू समाज से दूर हटने से और अंग्रेज सरकार के पक्ष में जाने से बचाना चाहते थे और साथ ही अपनी बिरादरी के लोगों और सबल सवर्ण समाज को भी रुष्ट नहीं होने देना चाहते थे।

आर्यसमाजी प्रचारकों के सुझाने से हरिजनों ने द्विजों के समान व्रतबंध ग्रहण कर अपनी हीनता त्याग कर सवर्ण-द्विज बन जाने का निश्चय कर लिया। स्थान-स्थान पर हरिजन लोग जनेऊ पहनने लगे। ब्राह्मण, ठाकुर और बनिये तो कपड़ों के नीचे मैले-कुचैले जनेऊ पहनते थे परन्तु उत्साही हरिजन लोग आर्यसमाजी पण्डितों के समझाने से उजले पीले और भड़कीले केसरिया रंग के जनेऊ, सरकारी चपरासियों के कंधे से लटकी चपरास की तरह कपड़ों के ऊपर पहनने लगे। आर्य पण्डितों का कहना था कि यज्ञोपवीत ब्रह्मसूत्र है। वह छिपाने की चीज नहीं। वह तो मनुष्य के सवर्ण और द्विज हो जाने की घोषणा है। उसे छिपाया क्यों जाये? हरिजनों ने कई स्थानों पर सवर्ण और द्विज बन जाने के विश्वास में हीन समझे जाने वाले कर्म, मुर्दा जानवर ढोना या सवर्णों के घर के कठिन काम करना भी छोड़ दिया।

ठाकुरों और ब्राह्मणों ने भगवान् और धर्म द्वारा दिये गये अपने अधिकारों और प्रतिष्ठा की रक्षा के लिए हरिजनों की इस स्पर्धा और बढ़ाचढ़ी को रोकना आवश्यक समझा और हरिजनों के सवर्ण और द्विज बन जाने के आन्दोलन का विरोध करना शुरू किया। जनेऊ पहन लेने वाले हरिजनों को ठाकुरों और ब्राह्मणों की जमीन से बेदखल किया जाने लगा। जहाँ-तहाँ इन्हें पकड़ कर, पीट-पाट कर उनके जनेऊ तोड़ दिये गये। दो-तीन जगह ठाकुरों ने हरिजनों के जनेऊ तोड़ डाले और उनके शरीर पर तपे लालहँसिये से जनेऊ के चिह्न दाग कर कहा—यह रहा तुम्हारा जनेऊ!

कांग्रेस द्वारा अंग्रेज सरकार के विरुद्ध चलाया गया देश की स्वतंत्रता का आन्दोलन ऊँची जातों और नीची जातों के बीच जनेऊ के अधिकार के आन्दोलन में बदलता जा रहा था। अंग्रेज सरकार दुतरफा चाल चल रही थी। महारानी विक्टोरिया की घोषणा के अनुसार सरकार भारतीय प्रजा की धार्मिक स्वतंत्रता में दखल नहीं दे सकती थी। सरकार एक ओर हरिजनों की ऊँची जातियों के अत्याचार से बचाने का दावा कर रही थी और दूसरी ओर ऊँची जातियों की धार्मिक भावना को ठेस न लगने देने की भी व्यवस्था कर रही थी। इस धर्म-युद्ध के संघर्ष से कुमाऊँ के पहाड़ी देहातों में बेचैनी फैल गयी।

हरिजनों ने अनेक गाँवों से आकर 'उत्कड़ा' गाँव में इकट्ठे होकर सामूहिक रूप से समारोह पूर्वक यज्ञोपवीत पहनने का निश्चय किया। हरिजनों की इस चुनौती से इलाके के ब्राह्मण, ठाकुर भी लट्ठ ले-लेकर टोलियाँ बना कर उत्कड़ा गाँव की ओर जाने लगे। जान पड़ता था कि भूख से भीरु और आत्मसम्मान खोये भारतवासी अपने धर्म पर जूझने के लिए एक बार जाग उठे और कुमाऊँ क्षेत्र कुरुक्षेत्र का रूप धारण कर रहा है।

जिले में समाचार पहुँचा और सरकार की ओर से एक नायब तहसीलदार साहब हथियार-बन्द पुलिस का एक दस्ता लेकर भारतवासियों की धार्मिक स्वतंत्रता की रक्षा करने और धार्मिक भावनाओं पर लगती ठेस से उनकी रक्षा करने उत्कड़ा पहुँच गये।

इस धार्मिक महाभारत की तैयारी के समाचार से अल्मोड़ा के कांग्रेसी कार्यकर्ताओं में भी बेचैनी फैल रही थी। परन्तु इस प्रश्न में

धार्मिक समस्या का पुट आ जाने के कारण सब कांग्रेसियों का एकमत होना कठिन था। भारतवासियों के लिए धर्म सदा ही राजनीति से ऊँचा रहता है। कुछ लोग मनु के समय से चली आयी हिन्दू धर्म की मर्यादा को ठेस पहुँचाने वालों से क्रुद्ध थे और कुछ महात्मा गांधी और कांग्रेस के अछूतोद्धार आन्दोलन का समर्थन करना चाहते थे। इस विकट परिस्थिति में संगठित रूप से कोई कदम उठाना सम्भव न हो रहा था।

देवदा अकेले ही उत्कड़ा ग्राम पहुँचे। आस-पास के इलाके से लगभग ढाई सौ हरिजन गाँव में जमा थे। सड़क के उस पार लट्ठबन्द ठाकुरों और ब्राह्मणों की टोलियाँ भी जगह-जगह अवसर की प्रतीक्षा में बैठी थीं। इन सवर्णों के सामने मर्यादा पुरुषोत्तम भगवान् रामचन्द्र का उदाहरण मौजूद था, जिन्होंने तपस्या करके शूद्र से ऋषि बन जाने की इच्छा करने वाले हरिजन शूद्र का सिर अपनी तलवार से काट कर पृथ्वी का पाप हल्का किया था। उत्कड़ा गाँव के मुखिया के घर पर तहसीलदार साहब और उनके साथ पुलिस का दस्ता प्रजा की धार्मिक स्वतन्त्रता की रक्षा करने के लिए प्रतीक्षा कर रहा था।

देवदा सीधे उत्कड़ा की हरिजन बस्ती में चले गये। हरिजनों की भीड़ ने उन्हें घेर लिया परन्तु कुछ उग्र विचार हरिजनों को एक कांग्रेसी ब्राह्मण का हरिजनों के बीच आकर उन्हें बहकाना पसन्द न था। अपने साथियों को सावधान करने के लिए इन लोगों ने नारे लगाये—

"ब्राह्मण, ठाकुर, लाला, इनका मुँह हो काला!"

किसी दूसरे ने नारा लगाया—"ब्राह्मणों के दलाल को निकाल दो।"

देवदा इस प्रदर्शन की उपेक्षा कर शान्त बने रहे। हाथ उठा कर ऊँचे स्वर में उन्होंने अपना भाषण शुरू किया—"भाइयो! आप लोग जनेऊ पहनना चाहते हैं। ब्राह्मण, ठाकुर आप लोगों को जनेऊ नहीं पहनने देते। लेकिन भाइयो, मुझे तो जनेऊ पहनने से कोई नहीं रोकता पर मैं खुद नहीं पहनता। आप लोगों को विश्वास न हो तो यह देख लो!" और देवदा ने अपना कुरता उतार कर सब लोगों के सामने झाड़ दिया। फिर वे बोले, "मैं जनेऊ नहीं पहनता, लेकिन किसी ब्राह्मण से मेरी पसलियाँ कम नहीं हैं, जो चाहे गिन कर देख ले।"

"यह बात पक्की है कि जनेऊ पहनना चाहें तो रोकने का हक किसी को नहीं है। आप चाहें तो चौथाई तोले का जनेऊ क्या, मन भर

सूत कन्धे से लटका लें। किसी के बाप का इसमें क्या जाता है? अगर कोई आप का जनेऊ तोड़ने आयेगा, तो मैं पहले अपना सिर तुड़ाने के लिए तैयार हूँ!'' देवदा ने आखिरी वाक्य बाँह उठा कर खूब जोर से कहा।

''लेकिन मैं आपसे एक बात पूछता हूँ। आप यह क्यों मानते हैं कि आपकी जात नीची है और कन्धे से मनु की चपरास लटकाने वाले लोग ऊँचे हैं। अंग्रेज तो मनु की चपरास नहीं पहनता और ब्राह्मण, ठाकुर रोज अंग्रेज के हाथों जूते खाते हैं। अगर आदमी मनु की लगाम पहन लेने से ही बड़ा हो जाता है तो ब्राह्मण, ठाकुर अँग्रेज से बड़े क्यों नहीं हो गये?

''आपके दिल में यह क्यों बैठ गया है कि ब्राह्मण, ठाकुर बड़े हैं या उनका जनेऊ बड़ा है? आप ब्राह्मण, ठाकुर बन कर बड़ा बनना चाहते हैं? पर अभी आप क्या उनसे छोटे हैं और वह धागे की लगाम लगा कर बड़े हो जायेंगे? क्या आप मानते हैं कि यह ब्राह्मण, ठाकुर का धागा दुनिया में सबसे बड़ी चीज है? इनसान से, आप से भी बड़ी चीज है? इसके लिए आप जान दे देना चाहते हैं? धागा तो धागा ही है। आप लोग ही इस धागे को बड़ा मान रहे हैं और बड़ा बना रहे हैं। आप इसे भूत बनाकर उससे डर रहे हैं। ब्राह्मण ठाकुर तो आप जैसे आदमी हैं; न बड़े, न छोटे लेकिन आपने अपने आपको छोटा और उन्हें बड़ा मान लिया है और उनकी निशानी अपने ऊपर चढ़ा कर बड़े बनना चाहते हैं। आप अपने आपको छोटा क्यों समझें और धागे का ताबीज बाँध कर बड़ा बनने की कोशिश क्यों करें?

''आप लोग ब्राह्मण ठाकुर बनना चाहते हैं?

भीड़ में से कई लोग इनकार करने लगे परन्तु देवदा हाथ उठा कर उन्हें चुप करा कर बोले—''ब्राह्मण, ठाकुर अपने आपको द्विज कहते हैं। द्विज का मतलब है, दो बार जन्म हुआ। भाइयों, दो बार कौन जन्मता है? दो बार जन्मते है कौए, मुर्गियाँ और चिड़ियाँ। पहले अण्डा पैदा होता है और अण्डे से चूजा पैदा होता है। यह है दो बार जन्मने का ढङ्ग। ये द्विज लोग अपने आपको दो बार जन्मा कहते हैं। भाइयो, इन्हें दो बार जन्मने दीजिये। धागे की अपनी लगाम लगाने दीजिये। आप अच्छे भले आदमी हैं, मुर्गी क्यों बनते हैं? धागा बाँध कर मुर्गी बनने

की जरूरत क्या है? आप में से जो लोग अपने-आपको छोटा समझते हों और मुर्गी बन जाना चाहते हों, अपने नाम बोल दें?''

''कोई नहीं! कोई नहीं!'' भीड़ चिल्लाने लगी।

देवदा फिर बोले—''सुनो भाइयो, मनु द्विज लोगों का गुरु था। अपनी जात के लोगों को पहचानने के लिए उसने एक धागे की चपरास बनाई। आप लोग अपनी अच्छी-भली जात बदलने के लिए मनु की लगाम क्यों पहनना चाहते हैं? अगर आप खुद को छोटे और दबे हुए समझते हैं तो अपनी हिम्मत और करतूत से बड़े बनिये। दूसरी बात की निशानी और लगाम पहनने से बड़े बनने की इच्छा अपनी बेइज्जती है। जिन लोगों ने आप के साथ अन्याय किया, आपको दबाया है आप उन्हीं की निशानी पहनना चाहते हैं? आप उन्हें अपने से बड़े क्यों मानते हैं और उनकी लगाम आप क्यों पहनना चाहते हैं?''

भीड़ के लोग प्रश्नात्मक दृष्टि से एक दूसरे की ओर देखने लगे।

अवसर देखकर देवदा ने अन्तिम बात कही—''भाइयो, जो लोग अपने को ब्राह्मणों, ठाकुरों से छोटे माने जाते हों और मनु की लगाम पहन कर मुर्गी बन कर बड़े बन जाने की आशा करते हों, वे अपने काम का हर्ज करके यहाँ बैठे रहें, दूसरे लोग घर जाकर अपना काम देखें।'' भीड़ छटने लगी।

यज्ञोपवीत पहनाकर अछूतों का उद्धार करने आये आर्यसमाजी प्रचारकों को इस धर्म-विरोधी प्रचार से बहुत दुख हुआ। अंग्रेज सरकार के न्याय की धाक जमाने के लिए सशस्त्र पुलिस का दस्ता लेकर आये नायब तहसीलदार साहब को भी निष्फलता अनुभव हुई और ब्राह्मण, ठाकुरों की लट्ठ-बन्द टोलियाँ भी अपनी शक्ति के प्रदर्शन का अवसर निकल जाने से और धर्म की रक्षा में बलिदान न हो सकने से निराश हो गयी परन्तु अछूत लोग बेहद सन्तुष्ट थे। उनकी हालत ऐसी थी कि जैसे अपने सिर पर रखी बड़प्पन की पगड़ी भूल कर कोई आदमी उस पगड़ी को कोनों और ताकों में ढूँढ़ रहा हो, और कोई सुझाव दे—पगड़ी तो तुम्हारे सिर पर ही है, ढूँढ़ क्या रहे हो?

और सन्तुष्ट थे देवदा। जैसे मनु की लगाम के बन्धन से कुछ दिन पहले पाये दुख और असुविधा का उन्होंने भरपूर बदला ले लिया हो।

●

# विश्वास की बात

उन दिनों अलमोड़ा में था। 'लाला बाजार' की लोहे के शेरवाली सीढ़ियों से माल-रोड पर उतरते समय सामने सूर्यास्त का दृश्य दिखाई दे रहा था। सूर्य की विदा लेती सिन्दूरी किरणों में क्षितिज काँपता सा, अस्थिर-सा जान पड़ रहा था। और नीलंगू पहाड़ियाँ बड़े-बड़े अजगरों की भाँति तंग जगह में दूसरों के नीचे दबने से बचने के लिए किलकिला कर ऊपर चढ़ी आती-सी जान पड़ती थीं। गुलाबी झलक लिए आकाश के पट पर त्रिशूल की बर्फानी चोटियाँ ऐसी उभरी हुई थीं कि आग की लपटों का चित्र बनाकर लगा दिया हो। बहुत दूर तक रंग की पिघली हुई आग की यह होली दिखाई दे रही थी।

उस संध्या वकील साहब के यहाँ दावत थी। वकील साहब साथ ही थे। सम्भवतः इस आशंका में कि दूर 'हीराडुँगरी में' उनके मकान तक चलने से कतरा कर मैं दावत की बात भूल न जाऊँ।

अलमोड़ियों को अपने नगर और पहाड़ के प्राकृतिक सौंदर्य का उतना ही गर्व है जितना किसी युवती को अपने रूप का हो सकता है। अलमोड़ा की शोभा के प्रति दूसरों का आदर देखकर उन्हें सन्तोष होता

है। अलमोड़ा के इस स्वाभाविक सौंदर्य-वैभव की तुलना में मैंने नैनीताल की चर्चा छेड़ी—"गढ़े में छिपी झील को सूर्यास्त से कोई सरोकार नहीं"बिजली की तेज रोशनी में रसिक की कल्पना और आवश्यकता के अनुरूप 'मेकअप' से मोहक और सुन्दर बनी हुई सौंदर्य व्यवसायिनी निशाचरी के समान है।

अपने गर्व को छिपाने की शालीनता में वकील साहब ने आत्मालोचना की विनय से कहा—"पर एक बात बुरी है अलमोड़ा में। सवारी यहाँ किसी भी तरह की नहीं मिल सकती। नैनीताल, मसूरी में मोटर, ताँगा न सही रिक्शा, घोड़ा और डांडी तो हर समय मिल सकते हैं।"

मैंने वकील साहब की बात का विरोध किया—"यही तो अलमोड़ा की खूबी है कि सवारियों के लिए काफी पैसा खर्च न कर सकने की अपनी आर्थिक क्षुद्रता यहाँ खलती नहीं।"

बात वकील साहब को जँची और समर्थन में बोले इससे बड़ी बात यह है कि राह-चलतों में समता का एक भाव स्वयं ही बन जाता है।"

•

जब दावत के बाद, रात साढ़े-दस बजे के अंधेरे में 'हीराडुँगरी' से 'देवदार' तक पैदल जाने की विवशता की स्थिति आयी तो 'अलमोड़ा में सवारियों के अभाव की खूबी' खल गयी परन्तु इस 'खूबी' को तो सराह चुका था। अब क्या कहता? मन ही मन सोचा—परिस्थितियाँ और आवश्यकताएँ मनुष्य के विचार किस प्रकार बदल देती हैं। मनुष्य के विचार परिस्थितियों से स्वतंत्र नहीं हो सकते…।

वकील साहब अँधेरे और विषम मार्ग का खयाल कर बिजली की बत्ती का प्रकाश रास्ते पर डालते हुए साथ-साथ चल रहे थे। उनकी इस सज्जनता के प्रति कृतज्ञता प्रकाश के लिए उनके हाथ में थमी बिजली की बत्ती की ही सराहना की—"विज्ञान ने जहाँ संसार का रूप बदल देने वाले बड़े-बड़े साधन बनाये हैं, वहाँ वैज्ञानिक विकास के परिणाम में बनी छोटी-मोटी चीजों का महत्व हमारे जीवन में कम नहीं। देखिये, इस समय यह टार्च न होती तो दिया या मशाल लेकर इस रास्ते पर चलना क्या आसान होता?"

''अभ्यास की बात है।'' वकील साहब ने स्वर को स्पष्ट करने के लिए मुँह में भर गयी पान की पीक निगल कर कहा—''यहाँ के लोग अंधेरे में भी धड़धड़ाते हुए चले जाते हैं।''

''परन्तु अँधेरे में; ऊबड़-खाबड़ राह पर ठोकर लग जाने की आशंका तो बहुत रहती होगी।''

''ऊँह, ठोकर नहीं लगती; पाँव सध जाते हैं।'' पान के रस से ढीले स्वर में वकील साहब बोले, ''इस इलाके में डर रहता है, अकसर साँप का। 'डुँगरी' के आस-पास, साँप काफी निकलते हैं। लोगों का खयाल है कि ऊँची और ठंडी जगह में साँप अकसर नहीं होता लेकिन जाने क्या कारण, यहाँ तो बहुत हैं।''

निश्चय न कर पाया कि साँपों की उपस्थिति और अधिकता भी वकील साहब के लिए गर्व का कारण है या इसके लिए समवेदना प्रकट करना उचित होगा। बात चालू रखने के लिए उत्तर दिया—''ऊँची जगह में साँप नहीं होते? 'हीराडुँगरी' की समुद्रतल से ऊँचाई पाँच हजार फुट से अधिक न होगी?'' मैंने प्रश्नात्मक दृष्टि से वकील साहब की ओर देखा और समर्थन में हुंकारा पाकर बोला, ''मैंने समुद्रतल से दस-ग्यारह हजार फुट की ऊँचाई पर 'नारकंडा' के समीप 'हाटू के टिब्बे' की पगडण्डी पर सन् १९४६ में ताजा मरा हुआ साँप देखा था। साँप वहाँ होता होगा तभी किसी ने मारा होगा। मरा हुआ साँप मैदान से भला वहाँ कोई क्यों ले गया होगा?''

''किस किस्म का साँप था?'' वकील साहब की आँखें अँधेरे में खूब फैल गयीं। उनके स्वर से भी मालूम हुआ कि इस विषय में उन्हें उत्सुकता और अधिकार भी है।

सर्पविद्या का कुछ भी ज्ञान न होने के कारण सतर्कता से उत्तर दिया—''मैं तो इस विषय में कुछ भी नहीं जानता। वह साँप प्रायः हाथ भर लम्बा होगा, रंग भूरा चमकीला था और पीठ पर काले-काले धब्बे थे।''

कुछ जलपान के रसास्वादन में या सर्पविद्या के विवेचन में मौन रह कर वकील साहब ने मत प्रकट किया—''हूँ, शायद छोटा क्रेटर होगा लेकिन यहाँ तो खासी लम्बाई के विषैले क्रेटर और बड़े-बड़े कोब्रे (फनियर) भी बहुत होते हैं। महाभारत में जिस नागदेश का वर्णन है,

वह इलाका भी यहाँ से दूर नहीं है और मुझे तो यहाँ साँपों से कुछ, कुछ क्या; बहुत काफी सम्पर्क पड़ता रहता है।''

उस अँधेरे और बीहड़ रास्ते पर साँपों की चर्चा उत्साहवर्धक न थी परन्तु वकील साहब की बात में अरुचि प्रकट करना भी जब वे अँधेरे में राह दिखाते चले आ रहे थे, अशिष्टता होती। सतर्कता से हुंकार भरता आ रहा था और वकील साहब इसे प्रस्तुत प्रसंग में मेरी रुचि का प्रमाण समझ कर कहते गये—

''मेरी अपेक्षा मेरी 'वाइफ' का साँपों से सामीप्य और नक्षत्र-योग अधिक जान पड़ता है। चार साल पहले हम 'थपलिया' मुहल्ले में रहते थे। एक साँझ अँधेरा घना नहीं हुआ था, 'वाइफ' आँगन की सीढ़ियों से ऊपर की मंजिल में जा रही थीं। दूसरी सीढ़ी पर उनका पाँव पड़ा ही था कि उन्हें चप्पल के नीचे कोई चीज हिलती-सी अनुभव हुई। डर कर पाँव हटा लेने के बजाय उन्होंने शरीर का पूरा बोझ उसी पाँव पर डाल दिया और नौकर को बत्ती लाने के लिए पुकारा। नौकर जब तक बत्ती लेकर आया वे उस पाँव पर वैसे ही जोर दिये नहीं बल्कि रेतीले पत्थर की सीढ़ी पर उन्होंने चप्पल को खूब मसल दिया।

''रोशनी आने पर देखा कि चप्पल के नीचे एक छोटा सा साँप! भाग्य की बात कि साँप कुंडली मारे बैठा था। उसका मुँह और अधिकांश शरीर कुण्डली में लिपटा होने के कारण चप्पल के नीचे आ गया। पूँछ का केवल पाँच-छः उँगली भाग चप्पल के बाहर छटपटा रहा था। 'वाइफ' डर तो बहुत गयीं परन्तु चिल्ला कर उछल नहीं पड़ीं। पाँव पर और अधिक बोझ डाल उन्होंने साँप को खूब कुचल दिया तभी पाँव उठाया।

''पुकार सुन कर मैं आया और देखा—हाथ भर से भी छोटा विषैला क्रेटर कुचला पड़ा है। धूसर, भूरा-सा रंग और पीठ पर काले धब्बे।''

''मिट्टी का सा भूरा रंग होने से तो ऐसे साँप का अँधेरे में दिखाई देना भी कठिन है इसलिए सतर्कता से भी कुछ लाभ नहीं।'' मैंने कहा।

प्रसंग बदलने की मेरी इच्छा की ओर ध्यान न देकर वकील साहब ने आश्वासन दिया—''उसकी चाल और चमक से तो मालूम हो जाता है। रात में कई बार साँप मिले हैं और मैं उन्हें मार चुका हूँ।···अच्छा, आपने कभी हरे रंग का साँप देखा है?'' वकील साहब ने मेरी ओर देखा।

विषम मार्ग पर नजर गड़ाये ही मैंने उत्तर दिया—''नहीं तो!''

वकील साहब दो वर्ष पूर्व की एक घटना सुनाने लगे—''दोपहर के समय बहुत भारी बरसात होने से आँगन में इतना पानी भर गया था कि घर से पानी बाहर बहाने वाली नालियों से पानी भीतर आने लगा! रसोई में भी पानी आ रहा था। 'वाइफ' रसोई का काम समाप्त कर चुकी थीं और स्वयं चौके में जल्दी-जल्दी भात खा रही थीं। भात कच्ची रसोई होने के कारण चौके के बाहर नहीं ले जाया जा सकता। कुछ ऊँचे बने पक्के चौके के नीचे एक मूठ ऊँचाई तक पानी भर गया था नौकर भी चौके के बाहर एक अटाली पर भात खा रहा था।

''हम लोग साथ के कमरे में भीगती हुई चीजें सँभाल रहे थे। 'साँप-साँप' रसोई से नौकर की पुकार सुनायी दी। हम लोग लाठियाँ लेकर तुरन्त पहुँचे। नौकर चबूतरे पर और पत्नी ऊँचे चौके में पटड़े पर घबड़ायी हुई सिमटी बैठी थी।

हम लोगों के पूछने पर पत्नी ने उत्तर दिया—''मैंने तो नहीं देखा।''

नौकर ने उत्तर दिया, ''हरे रंग का बहुत बड़ा साँप रसोई की नाली से आया है। बराणज्यू (बहूजी) के पटड़े के नीचे गया। फिर निकलते नहीं देखा।

पत्नी घबरा कर पटरे से कूद चौके से बाहर हो गयी। नौकर भी बाहर कूद आया। लाठियाँ-संभाल, सतर्क हो एक बाँस से चौके में पड़ा पटड़ा उलट दिया गया।

''सचमुच एक बहुत बड़ा साँप कुण्डली मारे बैठा था। पटड़ा उलटते ही और लाठियाँ ऊपर उठते-उठते साँप तेजी से, रसोई में भरे पानी में तैरता हुआ नाली की ओर भाग चला।

''तैरते हुए साँप पर लाठी का वार करना व्यर्थ था। चोट पूरी न पड़ती और वह उलट कर वार करता। हम लोगों के देखते-देखते साँप भाग गया। रसोई के बाहर तो उसे खोजा ही क्या जा सकता था। साँप का रंग पकी घास की तरह बिलकुल हरा था। हरे रंग के साँप वहाँ काफी होते हैं।''

मेरे निरन्तर हुंकारा भरते रहने से सर्पविद्या में मेरी जिज्ञासा अनुमान कर वकील साहब बोले—''इससे बढ़कर अद्‌भुत एक घटना मैं आपको सुनाता हूँ। आपने खयाल किया होगा, जिस कमरे में हम लोग बैठे थे,

उसके बरामदे के नीचे खुली जगह है। बरसात बीत जाने पर वहाँ बैडमिंटन का कोर्ट बजा लेते हैं। उसके बायीं ओर नीची-सी जगह में सील रहने के कारण फूलों के बीज फेंक देने से फूलों की झाड़ियाँ खूब पनप आती हैं।

"पिछले वर्ष अप्रैल के शुरू में एक साँझ बच्चे कोर्ट में खेल रहे थे कि किसी ने चिल्लाया, 'साँप-साँप!' मैं कमरे में बैठा मुवक्किलों से बातें कर रहा था। चिल्लाहट सुन कर उठा ही था कि लड़की ने आकर कहा—"पिताजी साँप लड़ रहे हैं।"

"मैंने बाहर जाकर देखा, बैडमिंटन के कोर्ट की बायीं ओर फूलों से भरी क्यारी में दो काले फनियर (कोबरे) साँप खड़े थे। साँप धरती से डेढ़ हाथ ऊँचाई तक लिपटे हुए थे। साँपों के ऊपर का भाग, दो टहनियों की तरह अलग-अलग और फन एक दूसरे के सामने थे। साँप झूम-झूम कर, लचक-लचक कर अपने फन पल भर के लिए मिला लेते; जैसे चूम रहे हों और फिर अलग हो एक दूसरे से आँखें मिलाये लहराने और लचकने लगते। दोनों हवा में ऐसे लहरा रहे थे जैसे बीन के स्वर पर मुग्ध साँप झूमता है। अंगभंगी और लोच के उस सौंदर्य की बराबरी कोई भी नृत्य नहीं कर सकता उसका पूरा बखान भी सम्भव नहीं। आप उसे काल्पनिक सौंदर्य ही कह सकते हैं। सब लोग देख कर स्तब्ध थे और दोनों साँप अपने में भूले हुए। उन्होंने कई बार एक दूसरे को चुमा। आपने देखा होगा, साँप बहुत सतर्क होता है। जरा से खटके और आहट से भाग जाता है परन्तु वे साँप काम-क्रीड़ा में इतने आत्मविस्मृत थे कि भीड़ की उपस्थिति और शोर से भी बेखबर।

"अब समस्या थी कि इन्हें मारा कैसे जाय! साँप को मारने का कायदा है कि चोट फन पर पड़े और सिर कुचल दिया जाय। साँप का सिर धरती पर रहने से उस पर चोट कर उसे कुचला जा सकता है। इन दोनों के सिर ऊँचे हवा में उठे हुए थे। फिर एक नहीं दो। अगर एक बार में एक का सिर टूट भी जाता तो दूसरा अवश्य हमला करता।

"आप जानते हैं, साँप बदला लेने के लिए मशहूर है। मीलों पीछा करता है। महाभारत में परीक्षित और तक्षक की कहानी है ही और फिर इस भोगातुर जोड़े में से जो भी एक बच जाता, वह कितनी बुरी तरह पीछा करता।

"हमने सोचा" जिस समय साँपों के फन जुड़े हुए हों, तीन चार लाठियों से एक साथ वार करके उसके फन तोड़ दिये जायँ। उनके फन मिलने पर एक-दो-तीन करके लाठियाँ चलाने को उद्यत होते कि उनके फन अलग होकर लहराने लगते।

"कोई बोल उठा—"भोगातुर साँपों को मारना बहुत भारी अपराध है। साँप मर जाने पर भी प्रेत बन कर इसका बदला लेगा।' इस बात से लोगों का साहस टूट गया। लोग कहने लगे, 'जाने दो, जाने दो। किसी का क्या बिगाड़ रहे हैं? भगवान् के जीव हैं।"

"परन्तु अपने आँगन में कोबरा साँपों के बच्चे देने की उपेक्षा करना मेरे लिए सम्भव न था। साँपनी एक बार में सैकड़ों अंडे देती है पर अब कठिनाई यह थी कि साँपों पर लाठी चलाने के लिए कोई तैयार न हो रहा था। उससे कुछ ही दिन पहले एक घटना हो चुकी थी—

"एक दिन रानीखेत से इधर 'मजखाली' के पास एक ड्राइवर लारी लिए चला आ रहा था। उसने सड़क को काट कर कोबरा साँपों के जोड़े को भोग करते देखा। ड्राइवर ने लारी रोक दी और सड़क तंग होने के कारण बैक करने (उल्टे मुँह) पीछे हट रहा था कि चौड़ी जगह देख कर लारी का मुँह घुमा ले। उसके पीछे से एक और लारी आ गयी इस लारी के ड्राइवर का नाम था जमनासिंह। जमनासिंह ने पहले ड्राइवर से लारी लौटाने का कारण पूछा।

"उत्तर सुन कर जमनासिंह ने हँस कर कहा—"साँपों का जोड़ा तेरा क्या कर लेगा? ···गाड़ी का अगला पहिया उनके सिर पर से गुजार दिया होता।···डरपोक कहीं का!"

"पहली लारी के ड्राइवर बच्चीराम ने दोनों कान छू कर उत्तर दिया—"ना भाई, न तो मैं यह पाप सिर लूँ और न नाग देवता से लड़ने की हिम्मत मुझमें है।"

"ऐसी-तैसी तेरे नाग देवता की।" जमनासिंह ने उत्तर दिया और अपनी लारी आगे बढ़ा कर चल दिया।

"साँपों का जोड़ा अब भी उसी तरह सड़क को रोके था। जमनासिंह ने लारी को सड़क के बायें करके पहिया साँपों के सिर पर से गुजार दिया। दोनों साँपों के सिर और पेट बुरी तरह कुचल गये। साँप मोटे रस्सों की तरह उलझे हुए सड़क पर उछल-उछल कर छटपटाते रहे।

जमनासिंह रुका भी नहीं। हँसता हुआ और साँपों को गाली देकर साथ के लोगों को सुनाकर चला गया—"क्या लोग हैं, कीड़ों से डरते हैं।"

"जमनासिंह अलमोड़ा पहुँचते-पहुँचते कुछ सुस्त और उदास हो गया। 'टोल-बार' पर आकर उसने पर्ची के लिए गाड़ी रोकी। पर्ची की प्रतीक्षा में खड़ा-खड़ा क्लीनर से बोला—"भाई बुरा किया। साँप अपना क्या ले रहे थे।···खैर हो गया। आज नहीं तो साले कल लोगों को काटते और "···बच्चे देते तो सैकड़ों साँप और बढ़ते, और मुसीबत होती।"

"जमनासिंह तीन मील और चलकर अलमोड़ा पहुँचते-पहुँचते बहुत उदास हो गया। गाड़ी अड्डे पर खड़ी कर देने के बाद जिस ड्राइवर से मिलता साँपों को कुचल डालने की बात पर खेद प्रकट करने लगता। उसके मन की खिन्नता बढ़ती गयी पर लौटते समय वह उदासी दूर करने के लिए ठेके की दूकान से शराब का अद्धा लेता गया। जमनासिंह ने शराब पी ली और लेट गया। आधी रात के करीब वह जोर-जोर से चिल्लाने लगा—साँप! साँप! मारो! मारो!

"पड़ोस के लोगों ने आकर देखा कि उसे खूब तेज बुखार चढ़ा हुआ था। लोगों ने समझा नशे में या दिल पर बोझ आ जाने से डर गया है। उसे जगाकर होश में लाने का यत्न किया परन्तु वह होश में न आ सका और सुबह होते-होते उसके प्राण निकल गये।"

वकील साहब बोले—"ठाकुर मातासिंह ने जमनासिंह का यह किस्सा कह सुनाया तो भला कौन आदमी साँपों पर लाठी चलाने में मेरा साथ क्या देता? साँपों का जोड़ा अब भी निर्भय और निश्शंक अपनी प्रणयलीला का नृत्य कर रहा था। सब लोग विस्मय और आंतक से उस भय मिश्रित सौंदर्य को देख रहे थे। उस संकट में सूझा—कोई हिन्दू तो इस समय साथ देगा नहीं। अपने छोटे भाई को भेजा कि तुरन्त जाकर अपने मित्र और पड़ोसी गिलबर्ट को सब बात समझा कर बन्दूक और छर्रा लेकर आने के लिए कहे।

"गिलबर्ट हिन्दुस्तानी ईसाई है; शिकार का बहुत शौकीन। निशाना भी अच्छा है परन्तु उसने आने में काफी देर कर दी। मेरे प्राण सूख रहे थे कि यदि साँप चौंक कर घास में जा छिपे या किसी बिल में जा घुसे तो सदा के लिए आशंका हो जायेगी। गिलबर्ट को पहुँचने में काफी समय लगा परन्तु साँप भी अपने में मस्त, सब कुछ भूले हुए निश्शंक थे। वैसे

ही धरती से डेढ़ हाथ ऊपर उठे, हवा में लहराते हुए कभी आलिंगन में लिपट जाते, कभी अलग होते, चूमते और फिर अलग-अलग हो जाते।

"गिलबर्ट ने अपनी दुनाली में बारह नम्बर के छर्रे के दो कारतूस भरे और साँपों के मुँह मिलाने पर निशान साधा। गिलबर्ट निशाना ले ही पाया था कि साँपों के फन अलग हो गये और वे एक दूसरे से आँख मिलाये आमने-सामने लहराने लगे। गिलबर्ट दम रोके, साँपों के मुँह फिर मिलने की प्रतीक्षा में बन्दूक को साधे रहा। ज्यों ही साँपों के मुँह फिर मिले, पल भर निशाने का निश्चय कर गिलबर्ट ने लगभग एक साथ ही दोनों घोड़े दबा दिये। दोनों साँपों के सिर प्रायः बालिस्त-बालिस्त भर उड़ गये। दो ऐंठती, बलखाती नालियों से लहू के फुव्वारे उड़ने लगे। दोनों साँप आपस में उलझते उछलते, छटपटाते रहे। इन साँपों को पूँछ से पकड़ कर उठाया गया तो हाथ सिर से ऊपर तक ले जाकर लटकाने से भी उनकी टूटी हुई गर्दनें घास को छू रही थीं। दोनों साँप आठ-आठ, नौ-नौ फुट से कम न थे।"

वकील साहब ने इस विस्मयजनक घटना का प्रभाव मुझ पर देखने के लिए मेरी आँखों में देखा। साँपों की लम्बाई के प्रति विस्मय प्रकट करने की अपेक्षा मुझे दूसरी ही उत्सुकता थी। पूछा—"गिलबर्ट का क्या हुआ?...वह भी नाग देवता के विलास में विघ्न डालने के अपराध में छटपटा कर मर गया या नहीं?"

वकील साहब ने दूसरा हाथ हिलाकर मुख में पान की शेष लीजी थूकते हुए उत्तर दिया—"कुछ भी नहीं। होता क्या?...वे लोग तो यह सब कुछ मानते नहीं। उसे क्यों कुछ होता? यह तो विश्वास की बात है। विश्वास में बड़ी भारी ताकत है, आप जानते ही हैं!"

"तो फिर आदमी ऐसे आत्मनाशी मिथ्या-विश्वास में फँसे ही क्यों?" मैंने प्रश्न किया।

वकील साहब साँपों की एक और बात सुनाना चाहते थे परन्तु मैं बार-बार मिथ्या-विश्वास से आत्महत्या की बात कर रहा था इसलिए और बात जमी नहीं।

•

# जन गण मन अधिनायक जय हे...

नगर में महात्मा गांधी स्मारक कोष के लिए पूरे यत्न से धन-संग्रह किया जा रहा था।

गांधी जी की महान् आत्मा के प्रति श्रद्धा से सभी लोगों ने कोष में यथा-शक्ति, अपना-अपना भाग अर्पण किया परन्तु जनगण की श्रद्धा और शक्ति अवसर के अनुकूल पर्याप्त न उतर रही थी इसलिए कांग्रेस के कार्यकर्त्ताओं की अपेक्षा सरकारी कार्यकर्ताओं के प्रभाव का सहारा लेना आवश्यक हो रहा था।

कहावत तो है कि श्रद्धा से दी गयी एक पाई और लाख रुपये बराबर होते हैं परन्तु यह बात कहने भर को है। गंगा किनारे पिंड लेने वाले पंडे, कचहरी में इनाम माँगने वाले अहलकार, थाने में दस्तूरी लेने वाले मुन्शी जी और कांग्रेस के लिए चन्दा माँगने वाले नेता सभी दाता की श्रद्धा को सदा सिक्कों की गिनती से ही आँकते हैं। वैसी ही बात इस समय 'गाँधी स्मारक कोष' में अर्पण की गयी रकमों के बारे में भी हो रही थी। कांग्रेस के नेता और सरकारी अफ़सर, सभी लोग इस रकम

को एक आदर-सूचक संख्या तक पहुँचा देने के लिए चिन्तित थे, और इसके लिए एड़ी-चोटी का जोर लगा रहे थे।

नेताओं और अफसरों की चिन्ता के लिए कारण भी कम न था। कारण यह था कि प्रान्त के मुख्य मंत्री अपने दौरे के दौरान में इस नगर में पधार कर नगर की जनता को गौरव प्रदान करने वाले थे। इसी शुभ अवसर पर नगर की जनता की ओर से यह रकम उनके हाथ में सौंपी जाने वाली थी। यह रकम मुख्यमंत्री की स्थिति और सम्मान के अनुकूल होना आवश्यक थी।

नगर के सरकारी अफसरों और नेताओं की, इसलिए नगर की जनता की भी यह महत्वाकांक्षा थी कि मुख्यमंत्री के नगर में पधारने के सुअवसर पर उनके स्वागत और अभिनन्दन के समय उनका सत्कार जलपान से भी किया जाय। नेताओं और अफसरों ने मिल कर जलपान के प्रबन्ध और व्यय का अनुमान किया और यह भी सोचा कि इस जलपान में सम्मिलित होने का गौरव किन-किन लोगों को प्रदान किया जाये।

कुछ लोगों ने प्रस्ताव किया कि मुख्यमंत्री के सत्कार में दिये जाने वाले जलपान में उन सभी लोगों को आमन्त्रित करना उचित है जो ब्रिटिश सरकार के विरुद्ध कांग्रेस-द्वारा चलाये गये स्वतन्त्रता के संघर्ष में भाग लेते रहे हैं अथवा राजनैतिक अपराध में जेल की सजा पा चुके हैं। ऐसे लोगों की सूचियाँ बनायी गयीं। इनकी संख्या उचित अनुमान से ऊपर जा पहुँची। कुछ लोगों के राजनैतिक कार्य करते रहने और जेल हो आने की प्रामाणिकता के बारे में मतभेद और विवाद भी था। कुछ लोग ऐसे भी थे, विशेष कर सरकारी अफसर, जिनके लिए स्वतन्त्रता के संग्राम में भाग लेते रहने और जेल की सजा पा चुकने की शर्त लगाना उचित न था।

मुख्यमंत्री के सम्मान योग्य बड़े जलपान के लिए व्यय के अतिरिक्त प्रबन्ध की समस्या भी सरल न थी। शामियाने लखनऊ से ही माँगने पड़ते। मुख्यमंत्री, उनके संगी-साथी, क्लेक्टर और डिप्टी क्लेक्टरों को जलपान मेज-कुर्सियों पर ही देना उचित था परन्तु सैकड़ों-हजारों व्यक्तियों के लिए मेजों-कुर्सियों का प्रबन्ध करना क्या हँसी-ठट्ठा है? तिस पर ऐसे लोगों के लिए, जिन्होंने जीवन में कभी मेज-कुर्सी का व्यवहार किया ही न हो।

कांग्रेस नेताओं और सरकारी अफसरों को मुख्यमंत्री के जलपान के उचित प्रबन्ध के संकट में 'राय बहादुर साहब' ने सहारा दिया। रायबहादुर ने सुझाव दिया कि मुख्यमंत्री नगर की ओर से उनके अतिथि हों। वे मुख्यमंत्री, उनके संगियों, स्थानीय नेताओं और सरकारी अफसरों के जलपान का प्रबन्ध अपने व्यय से अपनी हवेली में करने के लिए तैयार हो गये। रायबहादुर गांधी स्मारक निधि में पाँच हजार रुपया पहले ही दे चुके थे। मुख्यमंत्री के उनकी हवेली में जल-पान के लिए आने पर वे पाँच हजार रुपये की एक और रकम मुख्य मंत्री को किसी भी सार्वजनिक कार्य में व्यय के लिए अर्पण करना चाहते थे।

समस्या का इससे अनुकूल समाधान और क्या हो सकता था? वैसा ही हुआ भी।

मुख्यमंत्री के नगर में पधारने पर। स्वागत के समय सरकारी अफसरों, स्थानीय नेताओं और प्रतिष्ठित लोगों से उनका परिचय कराया गया। गांधी स्मारक निधि के लिए नगर की ओर से बीस हजार रुपये की थैली उन्हें सौंपी गयी।

मुख्यमंत्री के आगमन से कई दिन पूर्व ही नगर और आस-पास के गाँवों में डुग्गी पीट कर जनता को मुख्यमंत्री के आने के समय और तिथि की सूचना देकर अनुरोध किया गया था—"आप लोग बड़ी-से-बड़ी संख्या में आकर अपने नेताओं का दर्शन और आदर कीजिये और उनके उपदेश से लाभ उठाइये।"

नगर और आस-पास के गाँवों की भीड़ मुख्यमंत्री के दर्शन और स्वागत का समारोह देखने के लिए टूट पड़ी। पुलिस बड़ी सतर्कता से भीड़ का नियन्त्रण कर रही थी और लाठी-चार्ज की धमकी देकर उन्हें पीछे रोके हुए थी।

मुख्यमंत्री ने गांधी स्मारक निधि में बीस हजार रुपये की रकम देने के लिए जनता की उदारता की प्रशंसा की, उन्हें धन्यवाद दिया और कहा—"इस पुण्य कार्य में आप लोग यथा-शक्ति अधिक-से-अधिक, जितना भी धन दे सकें, दें। इस पुण्य कार्य में आपको इस लोक में राजनैतिक और परलोक में धार्मिक, दोनों ही प्रकार का पुण्य प्राप्त होगा। इसके अतिरिक्त मुख्यमंत्री ने जनता को सावधान किया, जनता का यह स्वराज्य जनता की कुर्बानियों का फल है और यह राज जनता की

सहायता से ही कायम रह सकता है इसलिए जनता का कर्तव्य है कि पूर्णरूप से सरकारी अनुशासन में रहे। अब सरकारी अफसर आपके सेवक हैं इसलिए आप लोगों को इनका हुक्म पूरी तरह से मानना चाहिए। आप अपने नेताओं और सरकारी अफसरों को स्वराज्य की व्यवस्था कायम रखने में उनका हुक्म मानकर ही सहयोग दे सकते हैं। स्वराज्य के प्रति जनता का यही कर्तव्य है!''

मुख्यमंत्री का व्याख्यान समाप्त होते ही सरकारी अफसरों और कांग्रेस नेताओं ने जनता को ताली बजाने का संकेत किया। मैदान तालियों से गूँज उठा।

कांग्रेस के लगान बन्दी आन्दोलन में भाग लेकर बरबाद हो जाने वाले अधिकांश किसान और १९४२ में पुलिस के आतंक का शिकार बनी जनता पुलिस की लैन-डोरी के पीछे दबी खड़ी थी। यह भीड़ उत्साह से ताली बजने के कारण जानने के लिए उत्सुकता से आगे बढ़ आना चाहती थी परन्तु व्यवस्था कायम रखने वाली पुलिस ने इसे पीछे धकेल दिया।

स्वयंसेवकों ने उन लोगों को सूचना दी—''भाइयो और बहनो, मुख्यमंत्री का व्याख्यान समाप्त हो चुका है। अब आप लोग उनके दर्शन करने के लिए रायबहादुर साहब के मकान को जाने वाली सड़क के दोनों ओर खड़े हो जाइये।''

रायबहादुर की हवेली की ओर वाली सड़क जनता की उमड़ती भीड़ से दोनों ओर पटी हुई थी। स्वयंसेवक और सरकारी अफसर हाथ में लाउडस्पीकर लेकर महात्मा गांधी की जय! पंडित जवाहरलाल नेहरू की जय! सरदार पटेल की जय! मुख्यमंत्री की जय! के नारे लगा रहे थे। मुख्यमंत्री मोटर में फूलों से दबे मुस्करा-मुस्कराकर दोनों हाथ जोड़ कर जनता के अभिवादन स्वीकार कर रहे थे।

रायसाहब की हवेली तिरंगे झंडों की सजावट से इन्द्रधनुष बनी हुई थी। जल-पान के लिए हवेली के एक बड़े आँगन में बढ़िया मेज-कुर्सियों का प्रबन्ध किया गया था। जल-पान अवसर के अनुरूप चाँदी के बर्तनों में प्रस्तुत किया गया था। जल-पान के बाद रायबहादुर ने अपने वचन के अनुसार पाँच हजार की रकम दक्षिणा-स्वरूप नगर की ओर से अपने हाथों से मुख्यमंत्री को भेंट कर दी।

जल-पान समाप्त होते-होते चौथा पहर लग गया था। मुख्यमंत्री को इस नगर के लिए निश्चित किये गये समय से अधिक विलम्ब यहाँ हो चुका था। वे चलने के लिए उतावले हो रहे थे परन्तु नगर के अनेक सम्मानित व्यक्ति बात करने का यह सुअवसर पाकर उन्हें घेरे खड़े थे। मुख्यमंत्री को इस भीड़ की उपेक्षा कर, दरवाजे की ओर बढ़ते देखकर रायबहादुर साहब ने सम्मुख आ हाथ जोड़ कर विनय की—''दो मिनिट और आपको विलम्ब होगा। बेटियाँ आपको 'जन गण मन' का राष्ट्रीय गीत आपको सुनाना चाहती हैं। बच्चियों ने बहुत परिश्रम से गीत आपके लिए तैयार किया है। उसी समय जरा फोटो भी हो जायेगा।''

मुख्यमंत्री राष्ट्रीय गीत की अवहेलना न कर सकते थे। थकावट से एक जम्हाई ले, वे छड़ी टेक लगा कर खड़े रह गये। तुरन्त रायबहादुर साहब की पन्द्रह और तेरह वर्ष की दोनों पुत्रियाँ श्री गांधी खद्दर भण्डार से खरीदी हुई शुद्ध खादी की, तिरंगे किनारे वाली साड़ियाँ पहने उपस्थित हुईं। आँखें नीची झुका और हाथ जोड़ कर, कुछ काँपते हुए स्वर में उन्होंने 'जन गण मन अधिनायक जय हे, भारत भाग्य विधाता' गीत सुना दिया।

गीत समाप्त हो जाने पर रायबहादुर साहब ने हाथ जोड़, विनय और संकेत से मुस्करा कर मुख्यमंत्री से निवेदन किया—''जल्दी में बच्चियों से गाना कुछ अच्छा तैयार नहीं हो सका। सुर नया था। समय कम था। लाट हैलेट साहब जब तशरीफ लाये थे, इन लड़कियों ने 'गाड सेव द किंग' बहुत अच्छा सुनाया था। लाट साहब ने कई जगह इनकी तारीफ की थी···।''

●

## खतडुआ

अलमोड़ा का जिला पहाड़ी देश है। कोई गाँव पहाड़ की पीठ पर जगह पाकर बस गया है तो कोई ढलवान पर और कोई तलहटी में। गाँव छोटे-छोटे, सूने-सूने और चुप-चुप से हैं परन्तु कुआर की संक्रान्ति की संध्या में यह गाँव उत्सव की प्रसन्नता से किलक उठते हैं। गाँव के समीप की सबसे ऊँची जगह या टीले पर घास-फूस और ईंधन का एक रावण सा बनाया जाता है। सूर्यास्त के समय उसमें आग दे दी जाती है और दूर-दूर तक की जगहें, खेत और जंगल प्रज्चलित हो उठते हैं। गाँवों से स्पर्धा रहती है कि गाँव के खतडुआ की लपटें आकाश में अधिक उठीं। गाँव के लड़के इस होली के चारों ओर नाच-नाच कर गाते हैं—

"भैल्लो जी भैलो, भैल्लो खतडुआ<br>
गै की जीत, खतडुआ की हार!<br>
गै पड़ो स्योल, खतड़ पड़ो भ्योल!"

यह उत्सव खतडुआ कहलाता है और अलमोड़ा के राजा लक्ष्मीचन्द की गढ़वाल पर विजय की स्मृति के उपलक्ष में परम्परा से चला आ रहा है।

गढ़वाल और अलमोड़ा की यह छोटी-छोटी लड़ाई नहीं थी। अंग्रेजी राज में अंग्रेजों की प्रजा बन कर अलमोड़ा और गढ़वाल दोनों ही जिलों के लोग अंग्रेजों की नौकरी कर सुख शान्ति से रहने लगे परन्तु उससे पहले दोनों जिलों की लड़ाई परम्परागत और सदा की बात थी। दोनों ही दूसरे को पराजित कर अपना दास बना लेने का यत्न करते रहते थे। उस पुराने बैर की स्मृति अब भी शेष है। अलमोड़ा के राजा लक्ष्मीचन्द ने भी गढ़वाल पर एक नहीं, सात बार चढ़ाई की और असफल रहे। खतड़ुआ की पराजय, वह पराजय चाहे जैसी भी रही हो, आठवीं चढ़ाई का परिणाम थी।

राजा लक्ष्मीचन्द के गुरु बरस दो बरस तंत्र-मंत्र की साधना कर मारण-मंत्र का जाप करते रहते। राजा अपने गुरु से यह मंत्र लेकर देवताओं के आशीर्वाद की सहायता से अपने आपको अन्य मनुष्यों से अधिक सामर्थ्यवान समझ कर पराया देश जीत लेने के क्षात्र धर्म का पालन करने के लिए गढ़वाल पर चढ़ाई करते और अपने घर-जमीन की रक्षा के लिए लड़ने वाले गढ़वालियों से हार कर लौट आते। और दो तीन बरस बाद फिर चढ़ाई कर देते। बागेश्वर में गोमती नदी के किनारे राजा लक्ष्मीचन्द का एक किला था। राजा इस किले में जा बैठता और अपनी सेना को नदी पर गढ़वाल जीतने के लिए भेज देता। अपनी सेना के पराजय का समाचार पाकर कामेश्वर का किला छोड़ अलमोड़ा भाग जाता था।

गढ़वाल पर राजा लक्ष्मीचन्द की चढ़ाइयों और इन युद्धों के कारण स्थानीय प्रजा को अनेक यातनाएँ और असुविधाएँ झेलनी पड़ती थीं। विजय की महत्वाकांक्षा में उचित-अनुचित के विचार से शून्य हो गये राजा के अत्याचार और अपनी जान के लिए सदा भय से दुखी हो प्रजा राजा से घृणा करने लगी थी। स्थानीय लोग आपस में बागेश्वर में गोमती किनारे किले को 'स्याल बुंगा' (गीदड़ का भिटा) कह कर परिहास करते थे।

राजा लक्ष्मीचन्द के छः बार पराजित हो जाने पर राजगुरु ने महाराज को बहुत प्रबल मंत्र देकर निश्चित विजय का विश्वास दिलाया। राजा अलमोड़ा से अपनी सम्पूर्ण शक्ति लेकर बागेश्वर पहुँचा। उसने गढ़वाल के सेनापति खतड़सिंह की सेना पर आक्रमण करने के लिए अपनी सम्पूर्ण

सेना नदी पार भेज दी। राजा को अपनी विजय का इतना विश्वास था कि उन्होंने अपने किले (स्याल बुंगा) की रक्षा के लिए भी सिपाही न रखें। अपने शरीर-रक्षकों को भी सेना के साथ खतड़सिंह की सेना से लड़ने के लिए भेज दिया था।

राजा लक्ष्मीचन्द ने इस बार जैसी आशा और तैयारी से गढ़वाली सेना पर आक्रमण किया था वैसी ही गहरी हार उनकी हुई।

सूर्यास्त हो चुका था। अँधेरे में नदी पार से आये राजा के भेदियों ने समाचार दिया कि महाराज की सेना के पाँव उखड़ गये हैं। सैकड़ों सिपाही खेत रहे और गढ़वाली सरदार खतड़सिंह ने अलमोड़ा की सेना को घेर लिया है। खतड़सिंह मारोमार करता गोमती के किनारे पहुँच गया है। नदी पार करना ही चाहता है।

राजा लक्ष्मीचन्द के हाथ-पाँव फूल गये। सूर्योदय तक किले में बने रहना आशंकापूर्ण था। राजा ने अपनी रसोई के दारोगा पांडे को बुलवाया। पांडे राजा का विश्वासपात्र था। भोजन में राजा को कोई विष न दे दे और महल में कोई उन पर गुप्त आक्रमण न कर दे, इस बात की जिम्मेदारी दारोगा पांडे पर ही थी।

राजा बदहवासी में पांडे के आने से पहले ही किले के गुप्त द्वार के समीप खड़े सेवकों पर घोड़ा जल्दी लाने के लिए बिगड़ रहा था।

पांडे ने दबे स्वर में राजा को समझाया—"महाराज, ऐसी भूल न कीजिये। किले के बाहर की प्रजा बिगड़ी हुई है। युद्ध के लिए हमारी सेना ने उनका अन्न और पशु सब छीन लिया है। हमें हारा देख कर वह बदला लेने के लिए चढ़ दौड़ेगी। राजा को भय से भागते देख उनके मन में राजा के लिए क्या आदर रह जायेगा? दस आदमी पत्थर लेकर ही घेर लें तो महाराज के प्राण बचाना सम्भव नहीं रहेगा। खतड़सिंह की सेना पीछा करेगी तो सब लोग उँगली उठा कर आपके भागने की दिशा दिखा देंगे।"

महाराज और भी भयभीत हो गये।

पांडे ने राजा को सलाह दी—"महाराज भेस बदल कर भागिये। राज मुकुट और तलवार छिपा लीजिये।"

राजा लक्ष्मीचन्द और पांडे भेस बदले किले के गुप्त द्वार से निकल नंगे पाँव पहाड़ी पगडंडी पर भागे जा रहे थे। पैदल चलने का अभ्यास न

होने के कारण पाँच ही मील चलने पर महाराज का दम फूल गया। माघ की रात के जाड़े की सनसनाती ठंडी हवा में भी पसीने से उनके शरीर के कपड़े भीग रहे थे और भीगे कपड़ों में ठंडी हवा लगने पर उनका स्थूल शरीर हड्डियों तक सिहिर उठता। उनके कोमल नंगे पाँव काँटों और कंकड़ों से लहूलुहान हो गये। प्रतिक्षण घोड़ों पर सवार शत्रुओं के पीछे से आकर पकड़ लेने के भय से कँपकँपी आ रही थी। महाराज की आँखों में आँसू आ गये और उन्होंने आगे कदम उठा सकने में असामर्थ्य प्रकट कर दिया।

पांडे महाराज को सहारा देकर कौसानी की चढ़ाई पर चीड़ के वनों में से लिए जा रहा था। दो मील जाकर महाराज के लिए आगे बढ़ना बिलकुल असम्भव हो गया। महाराज की अवस्था देख पांडे ने उन्हें एक झाड़ी की आड़ में बिठा दिया और स्वयं समीप के गाँव में महाराज के लिए सवारी खोजने गया।

पांडे ने एक किसान के घर जाकर अपनी व्यथा सुनाई कि वह अपने रोगी मालिक की वैद्यों से इलाज कराने के लिए अलमोड़ा ले जा रहा था। रास्ते में उसके मालिक पण्डित की अवस्था खराब हो गई है। कोई दो आदमी उसे कंडी पर उठा कर अलमोड़ा पहुँचा दें तो वह अपने मालिक से एक-एक मोहर दोनों आदमियों को दिला देगा। इसके अतिरिक्त पांडे ने किसानों को दुखी ब्राह्मण के प्राण बचाने के महान् पुण्य और स्वर्ग में उस पुण्य के लाभ का भी विश्वास दिलाया।

पांडे के समझाने और अनुनय-विनय से और मोहरों के लोभ से किसानों ने तुरन्त बाँस फाड़ कर मनुष्य के बैठने लायक एक कंडी तैयार की। पांडे ने भय से काँपते राजा को कंडी में बैठा कर एक चादर ओढ़ा दी। कंडी को एक किसान ने रस्सियों से अपनी पीठ पर बाँध लिया और वे लोग अलमोड़ा की ओर बढ़ने लगे।

राजा का सुख में पला शरीर खूब स्थूल था। एक किसान बोझ से हाँफ जाता तो दूसरा कंडी को अपनी पीठ पर ले लेता। पांडे कंडी के साथ-साथ पैदल चल रहा था। राजा का मन बार-बार भय से काँप उठता। जंगल में किसी भी प्रकार की आहट सुनाई देने पर, हवा के कारण किसी वृक्ष से सूखी लकड़ी या चीड़ का फूल टपक पड़ने से उसे शत्रु के आ पहुँचने की आशंका हो जाती। पगडण्डी पर पड़ा कोई पत्थर

किसानों के पाँव से ठुकराकर ढलवान पर लुढ़क जाता तो उसके खट्ट-खट्ट शब्द से राजा को वही अनुमान होता कि खतड़सिंह अपना 'गूँट' (पहाड़ी घोड़ा) दौड़ाता उसके पीछे चला आ रहा है।

किसान राजा के स्थूल शरीर के भारी बोझ को उठा कर जितना तेज चल सकते थे चल रहे थे परन्तु खतड़सिंह के हाथ पड़ जाने के भय से व्याकुल राजा को किसानों की चाल बहुत धीमी जान पड़ रही थी। वह बार-बार किसानों से जल्दी चलने के लिए कह रहा था और अपनी बात के प्रभाव से सन्तुष्ट न होकर बिगड़ भी रहा था।

किसानों को यह मालूम न था कि उनके कंधों पर असहाय अवस्था में बैठा, भय का रोगी व्यक्ति उनके देश का महाराज़ा था। राजा की चिड़चिड़ाहट से किसान भी चिढ़ने लगे। पहले तो वे अपने सिर पर सवार व्यक्ति की बार-बार चेतावनी का उत्तर देते रहे—चल तो रहे हैं भाई, घबराते क्यों हो···जितना चलते बनता है, चल रहे हैं, तुम्हारा मन नहीं मानता तो पैदल चल कर देखो।''

राजा स्वयं जल्दी पैदल चलने का यत्न न कर किसानों पर अधिक जल्दी करने के लिए बिगड़ता ही गया।

किसान भी बिगड़ उठे और झल्ला कर बोले—''दो लाश जितना बोझ है; जाने कितना खा-खा कर बीमार पड़ा है?···अपाहिज कहीं का! हमारी गर्दन पर चढ़ा बैठा है, हमीं पर टर्रा रहा है!···बहुत बकेगा तो अभी खड्ड में ढकेल देंगे! हम बैठते हैं कंडी पर, देखें तू कैसा घोड़े की चाल चलता है?''

पांडे ने बीच-बचाव किया—''अरे भाई, बाल, वृद्ध और रोगी की बात का बुरा नहीं मानते। मेरा मालिक कष्ट में है। आराम की जगह पहुँच कर विश्राम चाहता है इसलिए जल्दी कर रहा है। काम है, उसका मन रखने के लिए थोड़ा और जल्दी कदम उठा लो!''

किसान हाँफ गये थे परन्तु पांडे के कहने से और जल्दी चलने का यत्न करने लगे। राजा को किसानों की चाल से सन्तोष न हुआ। मन की व्याकुलता और उतावली में वह किसानों को और तेज चलने के लिए क्रोध में गाली दे बैठा।

छद्मवेषी राजा के गाली देने पर किसानों को क्रोध आ गया। कंडी उठाये हुए किसान ने झमाके से कंडी धरती पर पटक दी। दूसरा किसान

एक बड़ा पत्थर उठा कर कंडी में बैठे राजा की ओर लपका। यह संकट देख पांडे ने अपनी चादर में छिपायी हुई तलवार खींच ली और ललकारा—"खबरदार!"

दोनों किसान सहम कर पीछे हट गये।

पांडे ने तलवार दिखाकर किसानों को समझाया—"यह अलमोड़ा के महाराज हैं। गढ़वाली सेनापति खतड़सिंह बागेश्वर के किले पर चढ़ आया है इसीलिए महाराज अलमोड़ा जा रहे हैं। अगर महाराज का हुक्म मानने में तू-तड़ाक करोगे तो अभी सिर काट कर फेंक दूँगा। महाराज की सेवा करोगे, कंडी को अलमोड़ा पहुँचा दोगे तो सौ-सौ अशर्फी इनाम मिलेगी।"

अपने महाराजा का नाम सुनकर और सामने नंगी तलवार देख कर बोझ उठाने के पसीने से भीगे हुए किसानों को कँपकँपी छूट गयी। एक ने आगे बढ़ कर चुपचाप कंडी उठा ली और अपने सामर्थ्य से अधिक बल से तेज चलने लगा। वह लगभग दो सौ कदम ही चल पाया था कि उसके कदम लड़खड़ा गये। पांडे के हुक्म से दूसरे किसान ने कंडी ले ली परन्तु कुछ ही दूर जाकर वह किसान भी गिर पड़ा।

किसानों ने गिड़गिड़ाकर विनती की—"अन्नदाता, यहाँ 'खेलधार' के पास 'आगर' में ताँबा खोदने वाले बहुत आदमी हैं! चार-छः आदमी और बुला लिए जायँ तो कंडी जल्दी-जल्दी अलमोड़ा पहुँच जायेगी।"

किसानों ने पांडे को राह बता दी। वह 'आगर' जाकर चार दूसरे आदमियों को महाराज की सेवा के लिए पकड़ लाया। कंडी के अगल-बगल दो बाँस लगा दिये गये और बारी-बारी से दो-दो आदमी कंडी को उठाकर चलने लगे। राह संकरी और चढ़ाई बहुत आड़ी थी। कंडी बहुत दूर न जा पायी थी कि पूरब की पहाड़ियों के ऊपर सूर्योदय की लाली फैल गई। नीचे तलहटी और घाटियों में किसान लोग खेतों में जाते दिखाई देने लगे।

पांडे ने कंडी को रोक लिया और सब लोगों को बांसों के एक झाड़ में छिपे जाने का हुक्म दे दिया। पांडे ने राजा को समझाया—"महाराज देख ही रहे हैं कि लोग-बाग बागी हो रहे हैं। महाराज के भागने की बात जानेंगे तो और बिगड़ उठेंगे। दुश्मन भी पीछा कर रहा है। जब तक अलमोड़ा, अपने गढ़ में न पहुँच जायँ, खतरा झेलना ठीक नहीं।"

कंडी उठाने वाले आदमी भूख से व्याकुल हो रहे थे। वे भात या चबेना की खोज में आस-पास के गाँव में जाना चाहते थे। पांडे ने उन लोगों को जाने नहीं दिया कि फिर लौटें, या महाराज के भागने की बात का बकवाद करते फिरें। पांडें ने एक चादर बिछा दी। महाराज कंडी से निकल कर चादर पर लेट गये। पांडे किसी का भी विश्वास न कर तलवार ले महाराज की रक्षा के लिए पहरे पर खड़ा रहा।

राजा पिछली संध्या से कुछ खा-पी न पाया। राजा भूख-प्यास से बहुत व्याकुल हो गया तो पांडे कुछ खाने लायक चीज की खोज में समीप के गाँव की ओर गया। जाते समय वह महाराज से कंडी उठाने वाले किसानों पर आँख रखे रहने की प्रार्थना कर गया। राजा का शरीर कंडी पर झकझोर जाने के कारण बहुत थक गया था। वृक्षों से जाड़ों की सुखद धूप छन कर राजा के शरीर पर पड़ रही थी। पांडे को गये विलम्ब नहीं हुआ था कि राजा को नींद आने लगी। गर्दन झुक जाने से वह दो बार चौंका, फिर उसकी नाक बजने लगी।

एक नौजवान किसान ने पांडे का अंकुश हटा देखकर और राजा को नींद में बेखबर देख साथियों को चुपके से भाग चलने की बात सुझायी। दूसरे प्रौढ़ साथी ने चेतावनी दी—''पेड़ के तले से भाग जाओगे परन्तु देश छोड़ कर कहाँ जाओगे? यह तो राजा है। पेड़ की छाया दस हाथ जगह घेरती है राजा की छाया दस सौ कोस। भाग कर कहाँ जाओगे?''

साथी की चेतावनी से निराश होकर तीसरा किसान बोला—''पापी राजा आपु लै चोर की चार भाजनौछ, हमन लै दुख दीनौछ—(यह राजा पापी है, स्वयं डर कर चोर की तरह भाग रहा है, हमें भी दुख दे रहा है)।''

चौथा किसान बोल उठा—''राजा क्या, यह तो अपाहिज समझो। एक तो इसे सिर पर उठाओ दूसरे हमीं पर गुर्राता है। राजा क्या ऐसा होता है? राजा होता है जैसे शेर जंगल का राजा होता है? दहाड़ दे तो जंगल काँप जाय! यह तो एक झाँपर की मार नहीं सह सकता। निरा खाद का ढेर है। गढ़वालियों के डर से भाग रहा है। शेर राजा तो है खतड़सिंह! जिसकी दहाड़ से इसका पेशाब निकल रहा है। बड़ा बहादुर

बनता है दूसरों को तलवार थमाकर। अब लोग इसकी बहादुरी जान गये! अब इस 'लखुली बिलारी' (डरपोक बिल्ली) की कौन परवाह करेगा?''

किसानों ने समीप के टीले पर पगडंडी पर पांडे को लौटते देखा तो चुप हो गये। स्वयं चुप हो जाने पर किसानों को ध्यान आया कि राजा के खुर्राटे लेने का शब्द बन्द था। भय और भूख से व्याकुल राजा की नींद टूट गयी थी। किसानों के मुख से अपनी निन्दा की बात कान में पड़ने के बाद उसकी औंघ जाती रही थी। किसानों ने जाना कि राजा ने उनकी बातें सुन ली होंगी। भय से उनके प्राण सूख गये।

राजा का मन किसानों की बातें सुन कर ग्लानि से क्षुब्ध हो गया। उसे भोजन में रुचि न रही थी। उसने जैसे-तैसे कुछ खाया और पांडे से बोला—''अब मैं अलमोड़ा नहीं जाऊँगा। तुम इन किसानों को अपने घर लौट जाने दो! जब मैं 'लखुली बिलारी' हो गया तो अब शेरों से क्या लड़ूँगा! अभी बात आठ-दस आदमियों तक है कल देश भर में फैलेगी। उस जोशी (राज-पंडित) ने मुझे बहुत धोखा दिया। उसकी देवी का मन्त्र झूठा है। देवी गढ़वालियों से प्रसन्न है, मुझसे नाराज है। भगवान् की ऐसी ही इच्छा है तो ऐसा ही होगा। कोई क्या कर सकता है? मैं साधु बनकर यहाँ जंगल में अपने दिन काट लूँगा।''

पांडे ने राजा के पाँव पकड़ लिए और बोला—''महाराज, यह क्या सर्वनाश कर रहे हैं! मनुष्य अपनी इच्छा से राजा, भिखारी और साधु नहीं बनता। यह सब भगवान् की माया है; उनका न्याय है। अन्नदाता, हजारों आदमी आपकी छाया में पलते, बसते हैं। अच्छे-बुरे दिन सभी के आते हैं। इस कष्ट और अपमान से दिल छोटा न कीजिये। यों तो देवता भी पत्थर की मूरत ही होता है। मनुष्य उसे उठाकर चाहे जहाँ फेंक दे। मूर्ति को देवता मान लेने पर उसमें देवता की शक्ति निवास करती है; उसका भय होता है, उसकी पूजा होती है। महाराज, ऐसे ही राजा में शक्ति, अधिकार और भय निवास करते हैं। राजधानी और किले से बाहर निकला राजा मन्दिर से उखड़े देवता के समान होता है। राजधानी में पहुँच कर राज-दण्ड हाथ में लेकर आप भय और निर्बलता अनुभव नहीं करेंगे।''

सूर्यास्त के पश्चात् जब आस-पास के खेत और जंगल निर्जन हो गये और सब ओर अंधेरा छा गया, राजा बड़ी अनिच्छा से कंडी में बैठा।

किसान कंडी को उठा कर अलमोड़ा की ओर चलने लगे। रात के तीसरे पहर वे अलमोड़ा पहुँच गये और राजा ने पांडे के साथ गुप्त-द्वार से राजमहल में प्रवेश किया।

राजा ने तुरन्त ज्योतिषी (राज-पंडित) को बुलाकर क्रोध प्रकट किया—"हमने देख ली तुम्हारी मंत्र-शक्ति! एक बार नहीं सात बार तुमने हमें धोखा दिया है। तुम बहुत बड़े देवी के भक्त और पण्डित बनते हो! गढ़वाली पण्डितों की तंत्र-शक्ति तुमसे अधिक है। देवी उनके बस में है। तुम केवल बतंगड़ बनाना जानते हो! देवी की शक्ति को सहायता का विश्वास दिला-दिला कर तुमने मेरा सर्वनाश कर दिया। तुम्हारी देवी कितनी रक्तपान करके संतुष्ट होगी? मैं तुम्हारी देवी को तुम्हारी ही बलि अर्पण करके संतुष्ट करूँगा।" राजा ने क्रोध में अपनी तलवार की मूठ पर हाथ रखा।

ज्योतिषी राजा का क्रोध देख कर भी भयभीत नहीं हुए। राजा की आँखों में आँखें डालकर गम्भीर स्वर में वे बोले—"महाराज, मनुष्य के साहस की परीक्षा असफलता और विपद में ही होती। हाथ में पकड़ी हुई तलवार की शक्ति पर ही भरोसा नहीं किया जा सकता। उससे बड़ी शक्ति विश्वास की शक्ति है। यदि ब्राह्मण को ब्राह्मण न माना जाय तो वह ब्राह्मण नहीं रहता, यदि देवता को देवता न माना जाय तो वह देवता नहीं रहता और राजा को राजा न माना जाय तो वह राजा नहीं रहता। देवी तो गढ़वाली राजा की भी है और अलमोड़ा के महाराज की भी है। महाराज, तलवार तो सभी लोगों के म्यान में रहती है परन्तु दाँव अपना-अपना होता है। ऐसे ही देवी की शक्ति का उपयोग भी अपनी-अपनी बुद्धि से होता है। देवता का आशीर्वाद पाने के लिए ब्राह्मण भोजन करता है क्षत्रिय भोजन कराता है, शूद्र भोजन उत्पन्न करता है और पशु अपने प्राण देता है, यह तो शास्त्र और विश्वास की मर्यादा है। महाराज, शक्ति केवल देने से नहीं प्राप्त होती, उसे प्राप्त करना होता है। मैंने तो तंत्र साधना से महाराज के लिए देवी का आशीर्वाद प्राप्त किया इसलिए महाराज, युद्ध में शत्रु के जीत जाने पर भी शत्रु के हाथ नहीं पड़े, सकुशल अपने गढ़ में आन पहुँचे। यह महाराज पर देवी की कृपा का ही फल है।"

महाराज, गोमती पार आपकी सेना के पाँव उखड़ते ही देवी ने गाय के रूप में मुझे दर्शन देकर आदेश दिया है—"तेरे राजा का पुण्य अभी युद्ध में विजय के लिए पूरा नहीं है। पिछले जन्म में राजा ने गाय-ब्राह्मण को दुख दिया है। ब्राह्मण की यथेष्ट सेवा कर गाय की ध्वजा लेकर वह युद्ध करेगा तो मैं उससे प्रसन्न हूँगी, उसे विजय प्राप्त होगी। महाराज, यदि ब्राह्मण पर हाथ उठायेंगे तो शक्तिमति देवी महाराज के कोट में भी उन्हें भस्म कर देगी।" राजा ज्योतिषी की बात से स्तब्ध रह गये।

ज्योतिषी राजा पर अपनी बात का प्रभाव देखकर बोला—"महाराज़, देवी ने आदेश दिया है, राज-लक्ष्मी सहस्रों चरण होती है। उसके लिए सहस्रों लोगों का विश्वास और सहयोग प्राप्त होना चाहिए। उसके लिए ब्राह्मण के आशीर्वाद और क्षत्रिय की तलवार के बल की आवश्यकता है, इस बात की आवश्यकता है कि प्रजा महाराज को मनुष्य की शक्ति से बड़ा, देवी की शक्ति का पात्र समझे। महाराज की शक्ति को अपनी शक्ति से बड़ा, महाराज की बुद्धि को अपनी बुद्धि से बड़ा और महाराज की शक्ति को बड़ा समझे। महाराज तभी अजेय हो सकते हैं।"

राजा ने निराशा से सिर हिला कर उत्तर दिया—"नहीं-नहीं, अब विजय मेरे भाग्य में नहीं है। अब लोग मुझे सात बार हार कर भागा हुआ सियार समझते हैं, लोग मुझे डरपोक बिल्ली समझते हैं। किसान भी मेरा अपमान करते हैं। लोगों ने मुझे भागते हुए देखा है।" राजा ने मार्ग में सुनी किसानों की बातचीत ज्योतिषी को बता दी और कहा, "अब मैं साधू बन जंगल में चला जाऊँगा।"

ज्योतिषी ने राजा को फिर समझाया—"महाराज, बुद्धिमान अपनी हार से भी लाभ उठाता है और मूर्ख लोग अपनी विजय से भी लाभ नहीं उठा सकते। महाराज यही राजनीति है। महाराज को जिन आँखों ने भागते देखा है उन आँखों को फूट जाना चाहिए! जिस जिह्वा ने महाराज का अपमान किया है, उसे कट जाना चाहिए। शास्त्र में लिखा है, जिन लोगों ने विश्वपति महादेव को रमण करते देखा था वे जड़ हो गये थे। प्रजा जानेगी कि महाराज शत्रु के भय से भाग कर युद्ध से नहीं लौटे परन्तु देवी के प्रताप से देवी की गैया उन्हें अपनी सींग पर उठा कर

लायी है और महाराज गढ़वाली राजा का बहुत सा धन छीन कर देवी की आज्ञा से एक बड़ा यज्ञ करने के लिए लौटे हैं।''

राज-पण्डित ज्योतिषी और पांडे के परामर्श से महाराज ने न्याय किया। राजा की कंडी उठा कर अलमोड़ा पहुँचने वाले किसानों को गुप्त रूप से बुलाया गया। उन्हें सौ-सौ अशर्फी पुरस्कार दिया गया और देवी के प्रतिनिधि महाराज का अपमान करने के अपराध में उन्हें प्राण-दण्ड भी दे दिया गया। देवी के भक्त महाराज द्वारा किसानों को पुरस्कार में दी गयी अशर्फियों का भोग देवी के मन्दिर में लगा दिया गया।

राज-पण्डित के परामर्श से महाराज ने देवी के वरदान के लिए दो वर्ष तक चलने वाले यज्ञ का अनुष्ठान किया। अपने अनेक सरदारों को उन्होंने गढ़वाल के अनेक प्रदेश उस देश की विजय से पूर्व ही बाँट दिये। राजा लक्ष्मीचन्द ने आठवीं बार सेना लेकर गढ़वाल पर आक्रमण किया। इस बार अलमोड़ा की सेना देवी की गाय के चिह्न की विजयध्वजा लेकर गड़वाल जीतने के लिए चली।

राज-पण्डित ने कहा—''महाराज के यज्ञ से सन्तुष्ट होकर देवी ने आज्ञा दी है कि वह गढ़वालियों की बनायी अपनी स्वर्ण मूर्ति की प्रतिष्ठा अलमोड़ा के मन्दिर में चाहती है। इसके लिए उनकी स्वर्ण की मूर्ति गढ़वाल से अलमोड़ा आनी चाहिए। जो लोग देवी की गाय की ध्वजा को छोड़कर युद्ध के मैदान में भाग आयेंगे उन्हें गोहत्या का पाप लगेगा।'' राज-पण्डित ने महाराज को देवी के आशीर्वाद से सशक्त एक रक्षा-कवच दिया जिसके प्रताप से शत्रु का कोई शस्त्र महाराज को छू नहीं सकता था। राजा लक्ष्मीचन्द इस बार देवी की आज्ञा से अपनी सेना लेकर स्वयं गोमती नदी पार युद्ध में गये।

गढ़वाल के सेनापति खतड़सिंह ने फिर राजा लक्ष्मीचन्द की सेना का सामना किया। इस बार खतड़सिंह सिपाहियों और युद्ध के सामान की कमी के कारण हार कर युद्ध में खेत रहा।

राजा ने अपनी इस विजय के उत्सव की तैयारी पहले ही कर ली थी। गढ़वाल से अलमोड़ा तक छोटी-बड़ी सब पहाड़ियों की चोटियों पर ईंधन और फूस के ढेर लगा दिये गये थे। ज्यों ही खतड़सिंह युद्ध में

गिरा, अलमोड़ा के सैनिकों ने समीप के गढ़वाली गाँवों में आग लगा दी। उन जलते गाँवों की ज्वाला को देख कर, पहले से दिये गये निर्देश के अनुसार, अलमोड़ा की पहाड़ियों की चोटियों पर बने ईंधन के ढेरों में आग लगा दी गयी। अलमोड़ा का सम्पूर्ण विस्तृत पहाड़ी देश राजा लक्ष्मीचन्द की विजय-कीर्ति के प्रकाश से जगमगा उठा।

राजा लक्ष्मीचन्द के सरदार लोग गढ़वाल की लूट का बहुत-सा धन और राजा लक्ष्मीचन्द श्रीनगर के मन्दिर से देवी की स्वर्ण-प्रतिमा लेकर अलमोड़ा लौटे। अलमोड़ा की प्रजा को विश्वास हो गया कि देवी की कृपा से अलमोड़ा सदा के लिए विजयी और अजेय हो गया है।

वास्तविक कथा है, पचास वर्ष बीतने से पूर्व ही लक्ष्मीचन्द के वंश के राजा बाजबहादुर मुगलिया दरबार में सलामी देने के लिए दिल्ली पहुँचने लगे और सौ वर्ष समाप्त होते-होते अलमोड़ा में गोरखों का राज कायम हो गया और बाद में अंग्रेजों का परन्तु गढ़वाल विजय का उत्सव खतड़ुआ अब भी आश्विन की संक्रान्ति की संध्या को मनाया ही जाता है।

# मतिराम की बहादुरी

बातों ही बातों में क्रान्तिकारियों, भगतसिंह और चन्द्रशेखर आजाद की चर्चा चल पड़ी। 'वीरता' और 'कायरता' के मनोवैज्ञानिक कारणों पर बहस होने लगी।

वकील साहब कह रहे थे कि जैसे व्यक्ति की ऊँचाई और शरीर का इकहरा-दोहरापन शरीर की भौतिक रचना पर निर्भर करता है, उसके स्वभाव और इच्छा पर नहीं, वैसे ही व्यक्ति में अपराधी वृत्ति होना न होना, उसका वीर या कायर होना उसके मस्तिष्क की भौतिक रचना पर निर्भर करता है।

देवदा अपने पाइप से एक लम्बा कश खींचकर बोले—"वाह, इसका मतलब तो यह हुआ कि मनुष्य का मस्तिष्क तो जड़ है; परिवर्तनशील और विकासशील नहीं।"

धर्मदा ने मत प्रकट किया—"प्राणों का मोह ही कायरता है।"

देवदा ने विरोध किया—"ऊहूँ, प्राणों का मोह और जीवन-रक्षा का प्रयत्न तो सब जीवों की प्रकृति का अंग है, जीवन का गुण और धर्म है। बाज वक्त मनुष्य भय को समझता नहीं जैसे पतंगा दिये पर लपकने के

परिणाम को नहीं जानता और उसका अज्ञान ही वीरता जान पड़ती है। आदमी नहीं जानता कि वह किस बात का क्या मूल्य दे रहा है!"

देवदा ने अपनी बात कहकर गर्दन कुर्सी की पीठ पर टिका ली और इस मुद्रा में पाइप से कश खींचा कि उन्होंने बहस समाप्त कर दी हो।

देवदा की उस राय का निराकरण किये बिना न रह सका—"क्यों!" मैंने पूछा, "जब इलाहाबाद के एल्फ्रेड पार्क में चन्द्रशेखर आजाद का पुलिस से सामना हुआ था तो उन्होंने भाग निकलने की बात सोची ही नहीं। आपने एल्फ्रेड पार्क देखा है? भाग निकलने का यत्न करने के लिए उसमें बीसों राहें थीं परन्तु आजाद, राइफलों से लैस सौ सिपाहियों का सामना करने के लिए एक पिस्तौल मात्र लेकर मोर्चे पर डट गये और जब उन्होंने अपने कारतूस खत्म होते देखे तो आखिरी गोली अपनी कनपटी पर स्वयं अपने हाथ से मार ली। क्या आजाद अपनी कनपटी पर गोली मार लेने का परिणाम नहीं जानते थे? नहीं जानते थे कि अंग्रेज साम्राज्यशाही की सरकार से लड़कर वे किस बात का क्या मूल्य दे रहे हैं? आजाद का कहना था, हमारी और अंग्रेज साम्राज्यशाही की लड़ाई जीवन के अधिकार की लड़ाई है जैसे शिकारी, पशु को अपने पेट के लिए मार डालना चाहता है और पशु अपने प्राणों के लिए भागता है या लड़ता है। वे कहते थे, हम इनकी अदालत में खड़े होकर बंदरिया की तरह नहीं नाचेंगे।

"मैं कहता गया—"जब भगतसिंह और दत्त ने असेम्बली में बम फेंका, तब प्रायः सभी लोग आतंक से हाल छोड़कर बाहर भाग गये। भगतसिंह और दत्त चाहते तो भीड़ के साथ बाहर निकल आते और गिरफ्तारी से बच जाते परन्तु वे अपनी बात कहना चाहते थे और अपनी बात कहने के अवसर का मूल्य अपने प्राणों के रूप में देने के लिए तैयार थे। आपको यह भी याद है कि उन्होंने बम किस अवसर पर फेंका था? अंग्रेज सरकार भारतीय मजदूरों के अधिकारों पर कुठाराघात कर रही थी···!

"जब भगतसिंह, राजगुरु और सुखदेव को सांडर्स की हत्या के अपराध में लाहौर जेल में फाँसी दी गयी, उस समय हमारे 'लाहौर-षड्यंत्र' मामले के बहुत से साथी जेल में थे। भगतसिंह और उनके साथियों को फाँसी देने से पूर्व सावधानी के लिए पूरी जेल के कैदियों को

बारिकों और कोठरियों में बन्द कर दिया गया था इसलिए हमारे केस के साथियों ने भगतसिंह, राजगुरु और सुखदेव को फाँसी के तख्ते की ओर ले जाये जाते अपनी आँखों से तो नहीं देखा परन्तु फाँसी के तख्ते पर जाकर उन लोगों ने जो नारे लगाये—'इन्कलाब जिन्दाबाद! दुनिया के मजदूरो एक हो! आजाद हिन्दुस्तान जिन्दाबाद!' उन नारों को बहुत से बंदियों ने अपने कानों से सुना था। उन वीरों की यह ललकार जेल के कोने-कोने तक गूँज गयी थी। वे जानते थे कि देश की गुलाम और शोषित जनता को यह सन्देश देने के लिए ही वे अपने प्राणों का मूल्य दे रहे थे। जेल के जो सिपाही इन लोगों को हथकड़ियाँ लगाकर फाँसी के तख्ते की ओर ले गये, उन सिपाहियों ने भी हमारे साथियों को बताया कि भगतसिंह, राजगुरु और सुखदेव सीना ताने फाँसी के तख्ते की ओर बढ़ते गये थे। उनकी मुद्रा में किसी प्रकार की कातरता नहीं थी।

''मैं कह रहा था—अपने कर्तव्य और लक्ष्य को पहचान लेना और उसमें दृढ़ विश्वास मनुष्य को निर्भय और बहादुर बना देता है···।''

देवदा उत्तेजना में मुझे टोक कर बुझे हुए पाइप को चूसते हुए बोले ''निर्भयता और बहादुरी की बात कहते हो···यहाँ अलमोड़ा में मतिराम को फाँसी हुई थी। अब तो अलमोड़ा में फाँसी लगती नहीं। दूसरे जिलों की जेलों में भी 'बन्द' फाँसी लगती है। फाँसी के समय आप लोग देख नहीं पाते शायद इसलिए कि सरकार अनुभव करती है कि वह बुरा काम कर रही है। वह अपनी यह करतूत किसी को दिखाने का साहस नहीं करती। पहले जब खुली फाँसी लगने का कायदा था, यहाँ अलमोड़े में 'सिटोली' में 'तुन' का एक पुराना पेड़ है, उसी पर फाँसी लटकाई जाती थी और सब लोग देखते थे। यह बात हम लोगों की पीढ़ी से पहले की है। हम लोगों के बचपन तक भी अलमोड़ा में फाँसी लगती थी परन्तु उसमें कुछ बन्धन हो गये थे अर्थात् फाँसी 'हीरा-डुँगरी' में जेल की चारदीवारी के भीतर लगायी जाती थी परन्तु जनता चारदिवारी के बाहर सड़क पर से फाँसी का दृश्य देख कर सरकार, न्याय और कानून के आतंक का लोहा मानना सीखती थी।

''तब हम लोग मिशन स्कूल में पढ़ते थे। अभी तक लोगों को याद है कि मतिराम को फाँसी लगी थी। उसकी कहानी शहर में फैल चुकी थी इसलिए उसे फाँसी लगते देखने के लिए बहुत से लोग चारदीवारी के पास

सड़क पर इकट्ठे हो गये थे। जब मतिराम को, हाथ पीठ पीछे बाँध कर फाँसी की चौखट की ओर ला रहे थे, वह गद्‌गद स्वर में गा रहा था—

''म्यसिले मामिला हूँछ,
मौसरले भेंट...''

अवसर से बात बनती है और भाग्य से भेंट होती है।

''उससे पहले मुझे मतिराम से बातचीत करने का अवसर मिल चुका था। जब मतिराम को 'कौसानी' से गिरफ्तार कर अलमोड़ा ला रहे थे, तभी उसे मैंने सड़क पर देखा था।

''मिशन स्कूल में पढ़ते समय कोई छुट्टी होने पर या परिवार के लिए ही मैं 'कौसानी' चला जाता था। हमारे पिताजी कौसानी में ही रहते थे। वहाँ उनकी खास स्थिति और प्रभाव था। दूर-दूर तक के सरकारी जंगलों का ठेका उनके पास था। दौरे पर आने वाले या दूसरे सरकारी अफसरों को उनसे बहुत सहूलियत और सहायता मिलती थी इसलिए सब लोग उन्हें बहुत मानते थे। पिता जी को मानते थे इसलिए मुझे भी मानते थे। तब कौसानी मोटर नहीं जाती थी। सड़क भी दूसरी थी। मैं 'घोड़ा सड़क' से कौसानी चला जाता था।

''मैं कौसानी से घोड़े पर अलमोड़ा लौट रहा था। घोड़ा अच्छा था, खूब तेज चल रहा था। नीचे 'कोसी' पर आ कर एक विचित्र दृश्य देखा। दो प्रधान (गाँव के मुखिया) घोड़ों पर सवार चल रहे थे। उनके बीच एक आदमी पैदल चल रहा था। पैदल आदमी के हाथों में हथकड़ियाँ लगी हुई थीं और कमर में रस्सी बँधी हुई थी। रस्सी के दोनों छोर प्रधानों के हाथ में थे।

''अलमोड़ा के पहाड़ी जिले में पुलिस का प्रबन्ध और सरकारी शासन दूसरे मैदानी जिलों से भिन्न है। इस जिले में साठ-साठ, अस्सी-अस्सी मील तक न कोई पुलिस चौकी है और न थाना है। फौजदारी और दीवानी के बहुत से अधिकार पटवारियों के ही हाथ में हैं। गाँव के प्रधानों (मुखियाओं) की सहायता से पटवारी ही शासन-प्रबन्ध चलाते हैं। यहाँ शासन सरकार की शस्त्र-शक्ति के बल पर नहीं, अपितु सरकार की प्रतिष्ठा या स्थानीय प्रजा की न्याय और कानून के प्रति भीरुता और सिधाई के सहारे ही चलता है। आवश्यकता पड़ने पर पटवारी गाँव के प्रधान और चौकीदार की मारफत चाहे कितने आदमियों को शासन प्रबन्ध के लिए

सरकारी सिपाही बना ले सकता है, जिसे चाहे गिरफ्तार कर सकता है। गिरफ्तारी का विरोध करते किसी को देखा या सुना नहीं गया। गिरफ्तार लोगों को पचास-साठ मील दूर 'पिथौरागढ़' या 'अलमोड़ा' पहुँचाने का काम भी पटवारी की आज्ञा से पधान लोग ही करते हैं। पटवारी गिरफ्तार व्यक्ति को पधानों को सौंप कर रसीद ले लेता है। पधान मुलजिमों को अलमोड़ा के थाने में पहुँचा कर, रसीद लेकर पटवारी के सामने अपना उत्तरदायित्व पूरा कर देते हैं।

''पधान परिचित थे। वह विचित्र दृश्य देख कर पधान से पूछ लिया—पधान जी, क्या मामला है? किसे पकड़े लिए जा रहे हैं? बड़ा खतरनाक आदमी है?

''पधान बोले—खतरनाक तो है ही। दो कत्ल किये हैं। कत्ल करके खुद पटवारी जी के यहाँ खबर देने पहुँचा और खून भरा 'दांतुल' (हँसिया) सामने रख दिया—ये है तो, देखो! पधान ने अपने घोड़े की जीन से बँधे, कपड़े में लिपटे हँसिये की ओर संकेत किया। कपड़े में सिले हँसिये पर डाक के पारसल की तरह जगह-जगह लाख की मोहरें और कपड़े पर छन आया खून दिखाई दे रहा था।

''पधान कहते चले गये—दो कत्ल किये हैं और जरा खौफ नहीं। देखिये, कैसी दबंगी से चला जा रहा है जैसे ससुराल जा रहा हो।

''सचमुच रस्सियों से बँधा वह आदमी घोड़ों के बीच बड़ी बेफिक्री और दबंगी से सिर उठाये चला जा रहा था। मैंने अपना घोड़ा पैदल चलते आदमी के समीप कर उसी से बात की—क्यों भाई, क्या नाम है तेरा?

''मेरा नाम मतिराम है, महाराज?'' उसने चमकती हुई आँखें मेरी ओर उठा कर उत्तर दिया।

''कौन जात हो?''

''हुड़किया हूँ, आपका।''

''ये कत्ल कैसे कर डाला?''

''कर ही तो डाला हुजूर।'' उसने उपेक्षा से उत्तर दे दिया।

मतिराम की उपेक्षा से मेरी उत्सुकता बढ़ी। मैंने पूछा—''किसका कत्ल कर डाला भाई।''

"चमेली का और किसनू लोहार का हुजूर!"

"क्यों कर डाला? क्या नाराजगी हो गयी?"

"नाराजगी क्या हो गयी हुजूर, फिर समझ लो हो ही गयी सरकार! पिछले साल असाढ़ में चमेली से बात हुई थी। वह कई जगह धान रोपने आयी और मैं हुड़का बजा रहा था। उसकी मेरी बात पक्की हो गयी। ब्याह ठहर गया था। मिलना-जुलना भी था। उसे कपड़े लत्ते भी लाकर दिये। वह उसने रख लिए। मैं पिछले चौमासे में रुपया कमाने चाकरी के लिए देश चला गया। जब लौटा तो देखा कि उसने किसनू लोहार से हेल-मेल बना रखा है। हमने उसे समझाया कि यह ठीक नहीं, अपना कौल होता है। तो बोली—तुझे क्या?

"मैंने कहा—तुझे क्या चाहिए, बोल? मैंने तेरे लिए कितना किया है? अब लोग मुझे पर हँसेंगे!

"चमेली गले में पहनी, किसनू शिल्पकार की दी हुई भारी हसली दिखा कर बोली—मरा, तू क्या देगा, यह देख! तुझे क्या मतलब! हट्ट हम नहीं जानते! बस, हमारा दिल है।

"मैंने किसनू लोहार को भी समझाया—मालिक, यह ठीक नहीं। मेरा चमेली से ब्याह पिछले आषाढ़ में ठहर गया है। तुम बीच में मत पड़ो। मालिक अपनी-अपनी आन में रहना ठीक है। सबकी इज्जत होती है।

"किसनू हमारी बात को गाली देकर बोला—अबे हुड़कियों की भी इज्जत होने लगी? वह बोला, तुझे जो करना है कर ले!

"मैं शाम को फिर चमेली के यहाँ गया कि एक बार और समझा देखूँ। वह आँखें दिखा कर बोली—तू मेरे यहाँ क्यों आया? उसकी बुढ़िया माँ गाली बकने लगी।

"मैं घर लौट कर सोचने लगा—मेरे साथ बहुत धोखा हुआ। सब लोग मुझ पर हँसेंगे। अभी तो लोग कहते हैं कि मतिया हुड़का बजाता है तो धान रोपने वालियों के हाथ नहीं थकते। लोग कहते हैं कि मतिया हुड़का बजाता है तो धान की पौद के ढेर उठ खड़े होते हैं और धरती में आप से आप जमते चले जाते हैं। सब लोग हँसेंगे कि छोकरी ने मतिया को लात मार दी!

"मालिक ऐसा ही लगा कि अब क्या है?···घर आकर दांतुल उठा चमेली के यहाँ लौटा और उसे काट दिया। फिर सोचा कि जिससे सब

बात बिगड़ी है, जो मेरी जात को गाली देकर हँसता है, उसी को क्यों छोड़ूँ? किसनू शिल्पकार के घर पहुँचा और उसे भी काट दिया। फिर जब किया ही था तो छिपाना क्या? खून लगा दाँतुल लेकर पटवारी साहब के यहाँ गया। और क्या करना था? लोग देखते कि हमारी इज्जत क्या है? दाँतुल उनके आगे रख दिया और बात कह दी कि मालिक यह हो गया, सरकार जो समझें!

"प्राणों के संकट के सम्मुख मतिराम की ऐसी बेपरवाही और गंभीरता से मेरे मन पर एक चोट सी लगी। उसकी मूढ़ता तोड़ने के लिए उसे चोट पहुँचाने की इच्छा हुई। पूछा—"जानते हो, क्या होगा?··· फाँसी होगी!"

"हाँ मालिक! मतिराम ने बेफिक्री से मुस्कराती आँखें उठा कर उत्तर दिया, फाँसी तो लगेगी ही मालिक! उसने ऐसा किया तो वह मरी। हमने उसे काट डाला तो हमें फाँसी लग जाय।

"अलमोड़ा की अदालत में मतिराम का मामला पेश हुआ। अदालत में उसने अपना कत्ल कबूल कर लिया। अनजाने में या भोलेपन से नहीं; खूब जान-बूझ कर सन्तोष के साथ।

"यहाँ प्रायः ऐसा होता है कि दूर पहाड़ी देहात के प्रदेशों 'चम्पावत', 'पिथौरागढ़', 'बागेश्वर' वगैरह के इलाकों में कत्ल होते हैं तो लोग गिरफ्तारी के समय पटवारी या प्रधान के सामने अपना अपराध कबूल लेते हैं। प्रत्यक्ष साक्षियों के सामने, अपने नित्य के परिचितों और अपराध की परिस्थितियों और घटना को जानने वाले लोगों के सामने अपराधी आँखें ऊँची नहीं कर सकता और अपना अपराध स्वीकार करने के लिए बाध्य हो जाता है। वहाँ घटना प्रत्यक्ष और स्वयं सिद्ध होती है। सुबूत और दलील का सवाल वहाँ नहीं होता लेकिन घटनास्थल से पचास या सौ मील दूर, अदालत में महत्व घटना का नहीं, सुबूत और दलील का हो जाता है। यहाँ अदालत में पहुँच कर अपराधी प्रायः अपने पहले बयान बदल देते हैं। चतुर वकील परोक्ष परिस्थिति में घटी घटना की प्रामाणिकता के सम्बन्ध में सैकड़ों सन्देह और सम्भावनाएँ अपने तर्क से उत्पन्न कर देते हैं। कानूनन सम्भावना और सन्देह का लाभ अपराधी को मिलता है और प्रायः अपराधी छूट जाता है।

"मतिराम के मामले में कत्ल का प्रत्यक्ष साक्षी कोई न था। वह चाहता तो पटवारी के यहाँ ही न जाता या अदालत में वकीलों की सहायता से कोई काल्पनिक घटना गढ़ कर सुना देता परन्तु उसने वकीलों के समझाने पर भी ऐसा नहीं किया। उसने अपना अपराध स्वीकार कर लिया।

"मतिराम की बात अल्मोड़े में फैल गयी थी इसलिए जब जेल के सिपाही उसे फाँसी के चौखटे पर ला रहे थे तब जेल की दीवार के पास बहुत से लोग जमा हो गये थे। जिन्दा आदमी के गले में फन्दा लगा कर, गला घोंट कर मुर्दा बना दिया जाने वाला था। मौत की कल्पना से भी भय लगता है, वही मौत साज-सम्मान से, व्यवस्था से, एक आदमी को बाँध कर दी जा रही थी। लोग देखने के लिए खड़े जरूर थे परन्तु स्वयं डरे हुए, ठिठके हुए; यह देखने के लिए कि मौत कितनी भयंकर है! दूसरे की मौत से आदमी अपनी मौत के भय का अनुमान करता है। फिर भी सिर में चक्कर सा और मन में डुबकी सी अनुभव हो रही थी।

"मतिराम बन्दूकों से लैस सिपाहियों के बीच में निधड़क और आत्मतुष्ट चला आ रहा था। उसके हाथ पीठ के पीछे बँधे थे जैसे हाथ पीछे बाँध दिया जाना और बन्दूकों से घिर कर चलना उसे अच्छा लग रहा हो और वह स्वच्छन्द, गदगद, उन्मुक्त स्वर में गा रहा था—

"म्यसिले मामिला हूँछ,
मौसरले भेंट।"

"यह मतिराम की बहादुरी नहीं है तो और क्या है?" देवदा ने उत्तेजित स्वर में पूछा, "उसके लिए यही बहादुरी थी कि अपनी प्रेमिका को छीनने वाले का और धोखा देने वाली प्रेमिका का सिर काट कर, अपनी आन और प्रेम करने के अपने अधिकार की रक्षा का मोल अपने प्राण देकर दे दे!···यह लोग क्या जानते हैं, देश क्या है? न्याय क्या है? श्रेणी क्या है? स्वतंत्रता क्या है? वे जिस बात को अपना अधिकार समझ पाते हैं, सब मान-सम्मान खो कर भी जिस बात में अपनी आन समझते हैं, उसके लिए प्राणों की बाजी लगा कर बहादुर बन सकते हैं। मतिराम अपनी प्यारी पर अपना अधिकार समझता था। उस अधिकार की रक्षा के लिए वह जान पर खेल गया। मतिराम जात का हुड़किया ठहरा; नीचों में नीच कहा जाने वाला। दूसरे मनुष्यों के समान

व्यवहार पाना उसने कभी अपना अधिकार नहीं समझा इसलिए उस बात के लिए वह कभी नहीं लड़ा। उसकी समझ में जब उसके आत्म-सम्मान और अधिकार का प्रश्न उठा, वह लड़ मरा और उतनी ही बहादुरी से लड़ा जितनी बहादुरी से भीम, अर्जुन, सिकन्दर, बाबर और राणाप्रताप, महात्मा गांधी, भगतसिंह और आजाद अपने आदर्शों और अधिकारों के लिए प्राण दे दिये।

''प्रश्न तो है कि आदमी बहादुर बनने की आवश्यकता कब अनुभव करता है? वह अपना आदर्श और अधिकार कब पहचानता? मूक जनता का यह विराट समूह कितनी अथाह और अपरिमेय परन्तु सोई हुई बहादुरी और वीरता का पारावार है, यह जाग जाये तो···।''

420

राजनीति से गोपालदास को वैसा ही भय है जैसे आपको और मुझे छूत की बीमारियों से। नेताओं की दूसरी बात है। उन्हें राजनीति से फायदा होता है जैसे बीमारी फैलने पर जनता मरती है परन्तु डाक्टरों का फायदा होता है। सपेरों को ही देख लीजिये! सपेरे साँप को खिलाते हैं, गले में लटका लेते हैं। इसका यह मतलब नहीं कि हम-तुम भी साँपों से खेलने लग जायें।

जब गोपालदास स्कूल में पढ़ता था। १९१९-१९२१ की बड़ी जोरदार राजनीतिक आँधी आयी थी। ऐसी आँधी कि उसमें अंग्रेज सरकार के पाँव उखड़ते-उखड़ते बचे थे। स्कूलों में हड़तालें हो गयी थीं। बाजार कई-कई दिन तक बन्द रहे और उजड़े बाजारों में धूल और सूखे पत्ते उड़ते नजर आते थे जैसे फागुन की बयार से गाँव के सूने गलियारों में उड़ा करते हैं। लोग 'बिना मुकदमा चलाये गिरफ्तारी करने वाले कानून' (रालेट बिल) के खिलाफ काले झण्डे लेकर प्रदर्शन करने के लिए सड़कों पर ऐसे उमड़ पड़े थे जैसे नर-मुण्डों की बहिया चली आ रही हो। शहरों में ईंट-ईंट पर लिख दिया गया था—'पुलिस और सरकार की

नौकरी हराम है'। उस सार्वजनिक उत्साह के प्रलयकारी प्रवाह में गोपालदास भी एक साँझ स्कूल के दूसरे लड़कों के साथ काले झण्डे के नेतृत्व में, छाती पीट-पीट कर अंग्रेज सरकार का मातम मनाता फिर रहा था—'हाय-हाय! हाय-हाय! अंग्रेजी सरकार हाय-हाय! जार्ज पंचम हाय-हाय!' और गाता फिरता था—'नहीं रखनी, नहीं रखनी, सरकार .जलिम नहीं रखनी!'

गोपालदास अपने देश की स्वतन्त्रता के लिए ब्रिटिश सरकार के विरुद्ध राजनैतिक युद्ध की घोषणा कर, चेहरे और सिर पर गलियों की धूल जमाये और सीना फुलाये सन्ध्या समय घर लौटा तो घर में लड़के के राजनैतिक सिपाही बन जाने को सूचना पहुँच चुकी थी।

गोपालदास के पिता डाकखाने में बाबू थे। उनकी तनखाह जनता द्वारा डाकखाने से खरीदे टिकटों से ही मिलती थी परन्तु वे अपने आपको जनता का शासक और अंग्रेजी सरकार का नौकर समझते थे। बाबू जमनादास गोपालदास के कान उमेठकर और दो चाँटे लगाकर उसकी वीरता का उपचार किया और अपनी सहधर्मिणी के सम्मान का खयाल न कर लड़के को माँ के साथ अनाचार का दोषारोपण करने वाली गालियाँ देकर धमकाया—''बाप करे सरकारी नौकरी और बेटा चले बगावत करने! शर्म नहीं आती? जिस पत्तल में खाना, उसी में छेद करना! कमबख्त, कहीं खुफिया पुलिस को पता चल गया तो हथकड़ियाँ पड़ जायेंगी; घर का मुँह काला होगा और घर भर भूखा मरेगा!''

बाबू जमनादास का क्रोध रात में शान्त हुआ तो उन्होंने बेटे को सुमति दी—''बेटा, अपनी औकात और बिसात से चलना अच्छा होता है। बादशाहों से लड़ना बादशाहों का काम है। उजड़े-आवारा लोग जो चाहें करें। यह शरीफ आदमियों का काम नहीं। भला आदमी अपना घर देखता है। घर-बार से बाहर की बात करनी है तो आदमी धर्म कमाये। हम लोगों का धर्म है स्वामिभक्ति और राजभक्ति। धर्म कमाओगे तो उस लोक तक साथ जायेगा। राजनीति करोगे तो उजड़ोगे, बरबाद होगे और जेल जाओगे।''

गोपालदास ने लड़कपन में जो शिक्षा पायी थी, उसके मन में गहरी बैठ गयी थी। उसने राजनीति की ओर फिर कभी मुँह नहीं किया। देश में बड़े-बड़े परिवर्तन आये। गुलामी की जगह स्वराज्य हो गया। अंग्रेजी

झण्डे की जगह देश का राष्ट्रीय झण्डा फहराने लगा। गोपालदास अंग्रेजी सरकार का भयभीत नौकर न रहकर अपनी स्वतंत्र राष्ट्रीय सरकार का सहायक कर्मचारी बन गया। राजनीति अब पहले से अधिक व्यापक और गहरी हो गयी परन्तु गोपालदास अपने सिद्धान्त पर कायम था; अर्थात् वह शासन और सरदार की आलोचना से दूर था।

राष्ट्रीय सरकार का शासन कायम हो जाने पर राजनीति भी बदल गयी। पहले आन्दोलन स्वराज्य के लिए होता था, अब रोटी-कपड़े के लिए होने लगा। स्वराज्य की कमी गोपालदास को खटकती नहीं थी। स्वराज्य वह चाहता था क्योंकि स्वराज्य अच्छा समझा जाता था जैसे मरने के बाद सब लोग स्वर्ग चाहते हैं परन्तु जिन्दगी में स्वर्ग की कमी से कोई परेशान नहीं होता परन्तु वेतन की तारीख से पहले गेहूँ खत्म हो जाना और खराब गेहूँ मिलना, चीनी न मिलना, चीनी के लिए घण्टों 'क्यू' में खड़े रहने के बाद भी दूकान पर चीनी खत्म हो जाने के कारण चीनी न मिलना, ये सब बातें गोपालदास को बहुत खटकती थीं परन्तु चुप था क्योंकि रोटी, कपड़े और राशन के सम्बन्ध में शिकायत करना सरकार की आलोचना यानि राजनीति थी और इस तरह के आन्दोलन का परिणाम भी राजनैतिक आन्दोलन में भाग लेने जैसा ही था। जो लोग सड़कों पर जलूस निकाल कर नारे लगाते थे—'देश की जनता भूखी है, काँग्रेस सरकार झूठी है।' उन्हें वह जेल जाते देखता था। 'देश की जनता भूखी है' यह तो वह स्वयं भी देखता था परन्तु कांग्रेस सरकार झूठी है, यह बात वह कैसे मान लेता?

कांग्रेसी लोग सदा सत्य और अहिंसा की दुहाई देते रहे हैं। आजकल के राजनैतिक आन्दोलन करने वाले कम्यूनिस्टों की तरह कांग्रेसी लोग गिरफ्तारी का वारण्ट निकलने पर भागते नहीं थे। गोपालदास के मोहल्ले के बहुत जोर से नारे लगाने वाले 'अनन्त' और 'महताब' भाग गये थे। कांग्रेस वाले तो खुद बिस्तर लेकर टाँगे पर सवार हो कोतवाली चले जाते थे। गोपालदास अपनी सरकार को 'झूठी' बताने की गाली सुनता तो उसे कम्यूनिस्टों पर क्रोध आता जो जनता की कठिनाई की आड़ लेकर सरकार के हर काम की निन्दा करने लगते हैं। रोटी-कपड़े की कठिनाई को वह स्वराज्य के लिए बलिदान के रूप में सहे जा रहा था।

बाजार में चीनी मिल तो सकती थी परन्तु बहुत महँगी थी। अखबारों में सरकार का एलान निकला कि सरकार चीनी कन्ट्रोल दाम से और खास दूकानों पर बिकवायेगी। किसी को भी चीनी का कष्ट न रहेगा। 'पायनियर' और 'नेशनल हेरल्ड' में सरकारी विज्ञप्तियाँ भी गोपालदास ने देखीं कि सबको चीनी मिलेगी और जिसे चीनी न मिले, सरकार से शिकायत कर सकता है। गोपालदास ने मन ही मन चीनी चोर बनियों को गाली दी और सोचा—चीनी कम सही आराम से तो मिलेगी।

गोपालदास ने अक्तूबर के पहले पखवाड़े में नौकर को चीनी के लिए दो दिन 'क्यू' में खड़ा किया। उसका राशन कार्ड पाँच यूनिट का था। उसे प्रति यूनिट छः छटाँक के हिसाब से एक सेर चौदह छटाँक चीनी मिल गयी। राशन कार्ड पर ली हुई चीनी समाप्त होते-होते अक्तूबर के दूसरे पखवाड़े में दिवाली का त्योहार आ गया। हिन्दू-समाज में दिवाली का अर्थ होता है—मिठाई से भरे घर और मिठाई से भरे बाजार! राष्ट्रीय सरकार ने भी दिवाली के खयाल से फी आदमी दो छटाँक अधिक चीनी देने का एलान कर दिया था। गोपालदास को भरोसा हो गया कि दिवाली निभ जाएगा; दिवाली क्या, दोनों बच्चों के दूध के लिए तो कुछ चीनी हो ही जायेगी।

गोपालदास ने १६ अक्तूबर से ही दफ्तर जाने के पहले चीनी के लिए राशन की दूकान के चक्कर लगाने शुरू किये। चीनी के लिए लगने वाले, 'क्यू', लंका जलाते समय हनुमान जी की बढ़ी हुई पूँछ की तरह, राशन की दूकान से आरम्भ होकर कुछ दूर बाजार में और फिर साथ वाली सड़क पर भी फैलते चले गये थे। 'क्यू', के सिमटने की गति इतनी धीमी थी कि गोपालदास का सब्र सहन न कर सकता था। एक अलसाया हुआ सिपाही सरकार की शक्ति के प्रतिनिधि के रूप में, गड़बड़ी से सुरक्षा के लिए आश्वासन के रूप में खड़ा था। सिपाही की उपस्थिति से परिस्थिति के सुधरने में कोई सहायता मिल न रही थी।

गोपालदास ने कुछ देर नौकर को क्यू में खड़ा किया। फिर बाबूपन का अहंकार छोड़ अपनी स्थिति के लिहाज की आशा में खुद ही क्यू में जा खड़ा हुआ। उसे क्यू में खड़े-खड़े नौ बज गये। प्रश्न था, चीनी के लिए क्यू में खड़ा रहे या दफ्तर जाये? दफ्तर न जाये तो गैर-हाजरी के कारण पाँच रुपये का, एक दिन की रोजी का नुकसान सहे। गोपालदास

ने बाबू होने के अधिकार से दूकान की ओर बढ़ कर बनिए से पूछा— "आखिर चीनी मिलेगी या नहीं? हम यहाँ खड़े रहें या दफ्तर जाएँ?"

बनिए ने उपेक्षा से उत्तर दिया—"इस समय स्टाक खत्म है। बाकी कार्डों पर शाम को चीनी मिलेगी!"

गोपालदास सन्ध्या समय दफ्तर से लौंटा तो राशन की दूकान पहले ही बन्द हो चुकी थी। अपने आस-पास पूछा तो मालूम हुआ कि चीनी खत्म हो गयी, कल सुबह मिल सकेगी। दूसरे दिन गोपालदास फिर अपने बड़े लड़के को साथ लेकर दूकान पर गया। लड़के को क्यू में खड़ा कर दिया कि चीनी के लिए एक दिन स्कूल न सही। दफ्तर से लौटने पर मालूम हुआ कि लड़का बारह बजे तक क्यू में खड़ा रहा और दूकान पर चीनी का स्टाक खत्म हो जाने के कारण खाली थैला लिए घर लौट आया।

गोपालदास ने तीसरे दिन भी चीनी न मिलने का समाचार सुना तो क्षोभ से उसके मुँह से सरकार को गाली निकल गयी परन्तु मन को समझाया—बनिया जरूर झूठ बोलता है। भला सरकार उसे चीनी नहीं देती होगी? अखबार में निकल चुका है कि उत्तर प्रदेश में किसी को चीनी की दिक्कत नहीं होगी।···जरूर चोरबाजार में बेचता है। इसकी रिपोर्ट करनी पड़ेगी···लेकिन शिकायत करना ही राजनीति और राजनैतिक आन्दोलन में भाग लेना हो जाता। यह सरकार को परेशान करना नहीं तो क्या है? फिर क्या करे?

चीनी के अभाव से मोहल्ले के सभी लोग दुःखी थे परन्तु करते क्या? भले आदमियों के नौकर क्यू में खड़े होकर खाली लौट आते थे। पोजीशन के आदमी के लिए क्यू में खड़ा होना भला नहीं मालूम देता था परन्तु एक बार अखबार में निकला था कि दिल्ली में पंडित नेहरू खुद क्यू में खड़े होकर अपना राशन लाये थे। यह भी निकला था कि पंडित नेहरू गेहूँ के आटे में शकरकन्दी का आटा मिलाकर देश में गल्ले की कमी को पूरा करना उचित बताते हैं। नेहरू जी खुद भी ऐसा आटा खाते होंगे···तब फिर शिकायत करके सरकार को क्या परेशान किया जाये?

गोपालदास को पड़ोसियों ने समझाया—क्यू में घण्टों खड़े होने से, नौकर को दिन भर खड़ा रखने से और लड़के को क्यू में खड़ा रख कर

उसकी पढ़ाई बरबाद करने से भला यह है कि चुपचाप डेढ़ रुपया सेर चीनी खरीद लो और काम चलाओ! बहुत से लोग ऐसा ही कर रहे हैं। कुछ लोगों ने राय दी कि चीनी के 'क्यूब' खरीद लो। गोपालदास क्यूब खरीदने गया तो मालूम हुआ कि चीनी की परेशानी से लोगों ने सड़े पुराने, दीमक के चाटे क्यूब भी बाजार से समेट लिए हैं। क्यूब भी न मिले।

गोपालदास को अपने आराम के लिए डेढ़ रुपया सेर चीनी खरीद लेना राष्ट्रीय सरकार के साथ विश्वासघात और असहयोग जान पड़ रहा था। उसने चोर-बाजार से डेढ़ रुपये सेर चीनी नहीं खरीदी। हाँ, कानून से बिकने वाले बतासे अढ़ाई रुपये सेर खरीद कर काम चलाया गया परन्तु १५० रुपये माहवार में पाँच आदमियों का खर्चा चलाने वाले परिवार में तेरह आने सेर चीनी की जगह अढ़ाई रुपये सेर बतासे की चीनी खर्ची जाने की रईसी कितने दिन तक निभ सकती थी?

गोपालदास को यह भी खयाल आया कि जब आम लोगों को तो बच्चों के दूध के लिए चीनी नहीं मिल रही परन्तु कुछ लोगों को बोरियों चीनी रुपये के लिए दे दी जाती है और वे आठ आने की चीनी के बताशे अढ़ाई रुपये सेर में बेचते हैं। चीनी की किल्लत है तो चीनी को मुनाफा खोरी में क्यों बरबाद होने दिया जाता है?

दिवाली के अवसर पर बाजार मिठाई से भर गये। मिठाई मिल सकती थी, चीनी नहीं पर चीनी के बिना मिठाई कैसे बनी होगी?··· बनिये का मुनाफा कायम रहना सबसे जरूरी बात है।

गोपालदास ने डरते-डरते मोहल्ले के लोगों में चीनी न मिलने की शिकायत सरकार तक पहुँचाने की बात छेड़ी। लोग डेढ़ रुपये सेर चीनी और अढ़ाई रुपये सेर बताशे खरीदने के लिए तैयार थे परन्तु सरकार से शिकायतें कर बागी समझे जाने के लिए नहीं। कौन शिकायत करे और कम्युनिस्ट कहलाये?

गोपालदास अब दूसरे ही दृष्टिकोण से सोचने लगा—चोरबाजारी और धाँधली की ओर सरकार का ध्यान न दिलाना सरकार के प्रति की जाने वाली दगाबाजी और गद्दारी को मदद देना है। सरकार के साथ विश्वासघात है।

गोपालदास ने ३१ अक्तूबर की सुबह भी नौकर को चीनी के लिए भेजा परन्तु नौकर खाली हाथ ही लौटा तो उसने अपने लड़के नरेन्द्र को स्कूल का नागा कराकर क्यू में खड़ा कर दिया और स्वयं दफ्तर चला गया। दफ्तर में बैठे बारह बजे मन में आशंका होने लगी—मालूम नहीं, चीनी लड़के को मिली या नहीं? क्यू में मारपीट ही हो गयी हो तो?

गोपालदास अपने साथी की साइकिल माँग कर स्थिति देखने घर आया। मालूम हुआ कि लड़का क्यू से सही सलामत लौट आया था परन्तु चीनी दूकान पर खत्म हो गयी थी, मिली नहीं थी।

गोपालदास गुस्से से भन्ना गया—जब चीनी देनी नहीं थी तो सरकार ने वायदा क्यों किया था? इतने दिन तक पड़ोस में जिस-जिस से भी चीनी मिल सकती थी, वह उधार ले चुका था कि राशन कार्ड पर मिलेगी तो लौटा देगा। अब उन्हें कहाँ से लौटाये? डेढ़ रुपये सेर खरीद कर?

डॉ० नसीर मोहल्ले के नेता थे। कुछ मुसलमानों के पाकिस्तान चले जाने पर भी नसीर भारतवर्ष यानी लखनऊ में ही बने रहे थे। नसीर को एक तो जन्नत और पाकिस्तान के बजाय इस दुनिया और हिन्दुस्तान पर ही ज्यादा भरोसा था तिस पर लखनऊ में उनकी पुस्तैनी जायदाद भी थी इसलिए थोड़ा बहुत सिर नीचा करके भी वे यहीं बने रहे। जिन्ना कैप और तुर्की टोपी वे पहले भी नहीं पहनते थे। अब खद्दर की नोकीली टोपी पहनने लगे।

गोपालदास डॉ० नसीर की डिस्पेंसरी में पहुँचा और बोला—"डाक्टर साहब, क्या जुल्म हो रहा है! आप टी० आर० ओ० (टाउन राशनिंग आफिस) को फोन क्यों नहीं करते?"

डाक्टर के यहाँ उस समय भीड़ कम थी। उन्होंने गोपालदास को समीप की कुर्सी पर बुला धीमे से कान में उत्तर दिया—"मैं तो फोन नहीं करूँगा। पहली बात यह है कि मैं डेढ़ रुपये सेर चीनी खरीद सकता हूँ। दूसरी बात यह है कि मुझे राशन की पूरी चीनी बिना दिक्कत के मिल जाती है। जरूरत पर ज्यादा भी मिल जाती है; यह दूसरी बात है और मैं ठहरा मुसलमान। लोगों की तरफ से शिकायत करूँ तो बगावत की रहनुमाई करने वाला पाकिस्तानी एजेन्ट समझा जाऊँ! तुम चाहो तो टी० आर० ओ० को फोन कर लो। तुम्हें अपने फोन पर बात करने दे रहा हूँ, यह भी मेरी हिम्मत समझो।"

धीमे से कही हुई बात भी दूसरे लोगों ने सुन ली। डॉ० नसीर को अपने पड़ोसियों पर विश्वास था। पास बैठे लोग बोल उठे—"शिकायत तो जरूर की जानी चाहिए? साहब, अन्धेर हो रहा है। सरकार चीनी देती है, वह कहाँ जाती है?"

गोपालदास ने अपना दृष्टिकोण सामने रखा—"अन्धेरगर्दी और चोरबाजारी रोकने में सरकार को मदद देना तो हम लोगों का फर्ज है।"

"हाँ-हाँ—ठीक फर्माते हैं आप!" डॉक्टर ने फोन का चोगा उठा कर गोपालदास की ओर बढ़ाया, "आप कीजिए न फोन!"

अब गोपालदास पीछे हटकर कायरता कैसे दिखाता? उसने कहा—"नम्बर नहीं मालूम।" डॉक्टर ने दूसरे हाथ से टेलीफोन नम्बरों की किताब भी सामने बढ़ा दी।

प्रश्न हुआ—फोन किसे किया जाए?···खाद्य विभाग के मन्त्री को?

"इतनी सी बात के लिए मन्त्री महोदय को परेशान करना उचित नहीं।" डॉक्टर ने राय दी, "टी० आर० ओ०—नगर के राशन अफसर को ही फोन कीजिए।"

डाइरेक्टरी में टी० आर० ओ० का नम्बर देखा जाने लगा और लोग उत्साह और क्रोध में चीनी बाँटने वाले बनियों और सरकार की आलोचना करते रहे।

नम्बर ढूँढ़ने वाले सज्जन बोले—"४२०"

समीप बैठे वकील गजेन्द्र मोहन चौके—"४२० क्या?···"

"कौन कह रहा है चार सौ बीस!" दूसरे व्यक्ति ने पूछा।

"४२० नं० है ही।" जोर से हँसकर डॉक्टर ने उत्तर दिया, "एलानिया चार सौ बीस।"

गोपालदास विस्मय से सबकी ओर देख रहा था। उसके समीप बैठे एक पुराने कांग्रेसी कार्यकर्ता मुँह में भरे पान को सम्भालते हुए बोले—"अरे भाई, जेल में ४२० बहुत चलता था। कैसी भी तिकड़म कोई करे, कैदी ४२० ही कहते थे।···हमसे ४२० मत करो।"

"४२० तो ताजीरात हिन्द की दफा है। धोखा देना ४२० दफा में आता है।" वकील साहब ने कहकहा लगाया।

"जब है ही ४२० तो शिकायत क्या करोगे? वह खुद ही कह रहे हैं ४२० है तो फिर क्या? उन्होंने अपना नम्बर ही ४२० रख लिया है।" सभी कहकहा लगाने लगे। गोपालदास जब मजाक को समझा, तब तक सब लोग हँस रहे थे। सबकी हँसी में उसका उत्साह और क्रोध भी बह गया।

वह लौटने के लिए उठ खड़ा हुआ। टी० आर० ओ० को शिकायत का फोन नहीं हो सका और राजभक्त गोपालदास चीनी न मिलने के कारण राजनैतिक आन्दोलन के ४२० में फँसने से बच गया।

(एक समय लखनऊ में टाउन राशनिंग आफिस का टेलीफोन नम्बर ४२० था।)

●

# आत्मिक प्रेम

अतिपक्व कटहल, लीची या आम का रस फूट जाये तो बताने की आवश्यकता नहीं रहती कि फल रसीला है। कुछ व्यक्तियों के गुण स्वभाव भी उनके चेहरे और व्यवहार से प्रकट होते हैं और वे स्वतः पहचान लिए जाते हैं। माता-पिता का जन्म से दिया 'उनका' अच्छा खासा नाम था परन्तु परिचित उनका रूप और व्यवहार कर देख कर उन्हें 'कलाकार' ही सम्बोधन करने लगे हैं।

कला है क्या? इस विषय पर सहसा कह डालना दुस्साहस ही है। इस विषय में कलाकारों और कला के पारखियों में इतनी बहस है कि कुछ भी कहने से विवाद हो जाने की सम्भावना रहती है। कला को पहचानने में चाहे जितना झगड़ा हो, कलाकारों को पहचाने में विवाद प्रायः नहीं होता और 'कलाकार' के विषय में तो नहीं ही था। 'कलाकार' की बात कहने के लिए ही कला का इतना प्रसंग आ गया। अस्तु···

कला कल्पना और अनुभूति की सूक्ष्म वस्तु होने के कारण पकड़ में नहीं आ पाती परन्तु 'कलाकार' तो प्रत्यक्ष जगत की वस्तु है। मनुष्य के

रूप और व्यवहार में कला प्रकट होने के जितने भी लक्षण हो सकते हैं, 'कलाकार' उनका चलता-फिरता और बोलता-चालता समुच्चय हैं। उनके जीवन में कल्पना और भावना का स्थान पार्थिव वास्तविकता से सदा ऊँचा रहा है और उन्होंने सदा ही 'आवश्यकताओं' से अधिक महत्त्व 'आदर्शों' को दिया है।

'कलाकार' के घराने में भरोसे योग्य पुश्तैनी सम्पत्ति नहीं, न परिवार का कोई जमा हुआ व्यवसाय ही चला आ रहा था जिसके सहारे वे सन्तुष्ट जीवन और समाज का आदर पा सकते। परिवार आर्थिक कठिनाई में था परन्तु 'कलाकार' जीवन में सफलता की ऊँची सीढ़ी पर पहुँच सके इसलिए पिता ने कलाकार को शिक्षा दिलाने का व्यय सह लिया था परन्तु 'कलाकार' इम्तहानों में बहुत से नम्बर बटोर कर अपने आपको अच्छी नौकरी का अधिकारी प्रमाणित करने के बजाय कला के मर्म की ओर ही आकर्षित रहे। शिक्षा के साधन से जीविका की चिन्ता करने की अपेक्षा मानसिक और बौद्धिक उन्नति का ही आनन्द लेते रहने का परिणाम यह हुआ कि एम० ए० पास कर लेने के बाद भी 'कलाकार' के सामने जीविका का प्रश्न एक बड़े भारी चिह्न के रूप में खड़ा रहा परन्तु यह प्रश्न चिह्न दिखायी दे रहा था केवल 'कलाकार' के हित-चिन्तकों को ही, स्वयं 'कलाकार' को नहीं। उन्हें तो प्रकृति ने जन्मजात प्रतिभा का वरदान देकर उनका कार्य पहले ही निर्दिष्ट कर दिया था, साहित्य द्वारा कला की उपासना। जीविका के लिए उन्हें दूसरा उपकरण मिल भी जाता तो वह उनके जीवन का लक्ष्य नहीं हो सकता था।

जीवन निर्वाह के लिए धन की अनिवार्य आवश्यकता तो एक मात्रा तक ही होती है। धन की असीम भूख का प्रयोजन समाज में सम्मान की इच्छा होता है। 'कलाकार' में इतना आत्म-विश्वास था कि उन्होंने सम्मान को धन की रस्सी से बाँध कर पाने के बजाय सींगों से ही थाम लिया।

'कलाकार' ने कालिज के जीवन में १९३० के आन्दोलन के समय से ही कोट-पैंट के बजाय देशभक्ति का सम्मानित वेश खद्दर का उज्ज्वल, श्वेत धोती-कुरता और चप्पल अपना लिया था। सम्मान की पगडण्डी पर उनके कदम बढ़ते ही गये और वे देशभक्ति और राष्ट्रीय स्वतन्त्रता के राजमार्ग पर बढ़ते-बढ़ते एम० ए० पास करने के बाद सत्याग्रह में जेल

पहुँच गये। 'कलाकार' जनता की आँखों में अपने लिए श्रद्धा पाते थे। उन्हें आई० सी० एस० न पाने या कालिज में प्रोफेसरी न पा सकने के कारण कोई असन्तोष या विफलता नहीं थी। वह आर्थिक सफलता साधारण वस्तु होती, अब वे प्राकृतिक प्रतिभा और त्याग के असाधारण मार्ग पर चल रहे थे।

जेल में भी 'कलाकार' का व्यवहार दूसरे साधारण सत्याग्रही साथियों जैसा न था। जेल में जब उनके दूसरे कांग्रेसी साथी सरसों के तेल से शरीर की मालिश करने, गीता पढ़ने या तकली से सूत कातने में समय बिताते 'कलाकार' जेल की ऊँची दीवार की छाया में कम्बल पर बैठ, जेल की दीवारों से बाहर खड़े मुक्त संसार के वृक्षों की ओर देख कर कविता लिखते—

'कदम्ब किसलय की कोमल छाया में,
कुसुम चयन करती तू सुकुमारी,
क्या जाने बन्दी के अथाह हृदय की बात।''

'कलाकार' कृष्णमन्दिर में चार मास 'कठोर कारागार' की तपस्या पूर्ण कर मुक्त संसार में आये तो उनके जीवन का पहले से निश्चित मार्ग सुनिश्चित हो गया—देश की स्वतन्त्रता के लिए आजीवन संग्राम और साहित्य कला की आराधना। इन दोनों लक्ष्यों को एक में गूँथ कर एक मार्ग बन गया। कलाकार ने निश्चय कर लिया था—देश की स्वतन्त्रता के लिए उद्बोधन करने वाली किसी समाचार पत्र में नौकरी करके जीवन की साधारण आवश्यकताओं की पूर्ति करेंगे और देश की जनता को मार्ग दिखाते हुए साहित्य सेवा करते रहेंगे।

'कलाकार' ने जैसा जीवन अपनाया था उसे जीवन का साधारण मार्ग नहीं कहा जा सकता परन्तु कला भी तो साधारण वस्तु नहीं है। कलाकार चाहे जो कुछ हो, साधारण मनुष्य नहीं हो सकता इसलिए सर्वसाधारण के जीवन में जो कुछ होता है, 'कलाकार' के जीवन में नहीं हुआ।

कलाकार के विवाह की बात ले पश्चिमी या औद्योगिक सभ्यता से प्रभावित लोग आवश्यकता और समय अनुभव होने पर स्वयं ही विवाह कर लेते हैं। हमारा समाज अनासक्ति के आदर्श पर चलता है। यहाँ भरोसा नहीं किया जा सकता कि लोग आवश्यकता का समय आने पर

विवाह कर ही लेंगे। अनासक्ति के पथ से कल्याण में विश्वास करने वाले लोग जीवन की व्यर्थता देख कर जीवन से ही विरक्त न हो जायँ और विवाह न भी करें परन्तु समाज और वंश-क्रम को चलाना तो धर्म है इसलिए हमारे समाज में विवाह को सामाजिक कार्य मानकर, इच्छा और आवश्यकता की प्रतीक्षा न कर, विवाह निष्काम भाव से कर दिया जाता है। विवाह के समय 'काम' का नहीं कर्तव्य का ही महत्त्व रहता है परन्तु असाधारण होने और असाधारण मार्ग पर चलने के कारण 'कलाकार' का विवाह साधारण ढंग से, साधारण समय पर न हो पाया था।

जैसे समय पर टल जाने वाली वस्तु टलती ही जाती है, 'कलाकार' का विवाह भी टलता ही गया। कलाकार को स्वयं विवाह का आग्रह न था। विवाह के प्रति 'कलाकार' की विरक्ति का कारण भी असाधारण ही था। वह विवाह को जीवन का ढर्रा चलाने के साधन से बहुत उँची चीज मानता है। उसकी दृष्टि में विवाह अपार्थिव और अलौकिक प्रेम का भौतिक रूप में पुंजीभूत हो जाना है। ऐसा प्रेम क्या समाज में लड़की की उम्र और उसके माँ-बाप की आर्थिक स्थिति की खोज-खबर लगा लेने से मिल सकता है?

ऐसा प्रेम तो कविता की प्रेरणा की भाँति अज्ञात लोक से ही आने वाली चीज है। उसे खोजने या उसके पीछे भागने से क्या हो सकता था? ऐसी खोज करने से कला उपासक के गुरुत्व का अपमान ही होता। उस प्रेम के लिए केवल एक ही साधना उचित थी, प्रतीक्षा! 'कलाकार' धैर्य से प्रतीक्षा करता रहा। सुगन्ध के अनुरूप फूल का रूप भी तो होना चाहिए। अलौकिक प्रेम की आधार प्रेयसी के काव्यमय लावण्य की भी कल्पना 'कलाकार' के मन में थी। वह असाधारण रूप, प्रतिभा, शील और संस्कृति के प्रभाव से अतिकोमल था जैसे ओस के बोझ से झुका हुआ कमल!

'कलाकार' जीविका के लिए संघर्ष और पार्थिव समृद्धि के लिए यत्न को कल्पना और आत्मा की संकीर्णता समझता था। वह इन चीजों की उपेक्षा कर कल्पना के व्यापक जगत् में संतोष की आशा और प्रतीक्षा में चल रहा था। साधारण व्यक्ति को जो संतोष एक बढ़िया मकान में रहने, अपनी गाड़ी पर सवारी करने और अपनी बैंक की किताब में छः अंक की रकम लिखी देखने से होता है, वैसा संतोष 'कलाकार' को बाँस की

ढीली-ढाली कुर्सी पर बैठ कर, चार रसिकों के बीच 'अपनी चिरप्रतीक्षा का राग' कविता सुनाने से होता था।

कुछ लोगों को शंका हो सकती है कि साहित्य-कला जीवन की अभिव्यक्ति है तो जीवन की अपूर्णता में संतोष से संघर्ष की उपेक्षा से साहित्य-कला कैसे पनप सकेगी? ऐसी शंका का कारण जीवन का अति पार्थिव स्थूल दृष्टिकोण ही हो सकता है। 'कलाकार' का विचार था, कल्पना के जगत् में अभाव की अनुभूति का भी एक माधुर्य होता है। अभाव का वह माधुर्य तृप्ति की सीमाओं से होता है। 'कलाकार' उसी अभाव का गायक है।

समय आने पर 'कलाकार' का विवाह हुआ तो असाधारण ढंग से ही। यह विवाह संसार को चला सकने वाले दुनियादारी के खयाल से नहीं, बल्कि ऊँचे आदर्श की पुकार के प्रति अनुराग से हुआ।

'कलाकार' अज्ञात लोक से अलौकिक प्रेम की पुकार आने की प्रतीक्षा में सैंतीसवाँ बरस पूरा कर रहा था। तब तक कल्पना का सौंदर्य ओस के बोझल, शील से नतग्रीव-सुकुमार उनके चरणों में आत्मसमर्पण के लिए नहीं पहुँचा पाया था। 'कलाकार' कल्पना के बल पर पर्थिवता की सभी तरह उपेक्षा करता रहा था परन्तु शरीर तो उसके भी है। उसकी इन्द्रियाँ अनुभूतियों की कल्पना करते-करते क्षोभ की सीमा पर पहुँच जातीं। काल्पनिक उत्तेजना का परिमाण और तीव्रता बढ़ते ज़ाने से उस उत्तेजना के परिणाम और प्रभाव में परिवर्तन आने लगा। अन्त में काल्पनिक उत्तेजना स्फूर्ति और संतोष नहीं, अपवाद और शैथिल्य देने लगी और साहस की जगह निराशा।

आयु बढ़ती जाने पर 'कलाकार' को उस आदमी जैसी अनुभूति होने लगी जो अपनी स्थिति और गम्भीरता के भरोसे राशन की दूकान पर लगी 'क्यू' में आगे जगह पाने के लिए जल्दी करना उचित नहीं समझता। वह प्रतीक्षा करते-करते देखता है कि दूकान पर राशन समाप्त हो रहा है और वह क्यू में अभी बहुत पीछे है। 'कलाकार' की उस मानसिक अवस्था में जात-बिरादरी के कुछ सम्मानित और जिम्मेदार व्यक्तियों ने विवाह के प्रति अनुचित उपेक्षा के लिए 'कलाकार' की भर्त्सना की। उन परोपकारी व्यक्तियों ने 'कलाकार' को कठिन परिस्थिति में फँसे हुए एक भद्र परिवार की सहायता के लिए पुकारा।

'कलाकार' की अपनी ही बिरादरी में, आर्थिक स्थिति से पीड़ित परन्तु एक भद्र परिवार है। परिवार की आर्थिक कठिनाई का कारण सम्भवतः परिवार का देश के प्रति कर्तव्य में बलिदान होते रहना ही है। इस परिवार ने देश के लोगों की श्रद्धा और सहानुभूति तो यथेष्ट पायी है। श्रद्धा और सहानुभूति से आर्थिक समस्याओं का समाधान तो हो नहीं सकता था?

परिवार के कर्ता को देश की स्वतन्त्रता के आन्दोलन में भाग लेने के कारण बार-बार जेल जाना पड़ा था। उनकी पुत्री का विवाह समय पर नहीं हो सका था। कर्ता को पुत्री के लिए वर खोजने की सुविधा नहीं थी परन्तु लड़की की आयु इस कठिनाई की प्रतीक्षा नहीं कर रही थी। परिवार की आर्थिक कठिनाई के कारण और कन्या की आयु अधिक हो जाने के कारण उसका विवाह और भी कठिन समस्या बन गया था। इस जमाने में अपने महत्व के ज्ञान से अभिमानी पढ़े-लिखे और सम्पन्न युवक भारी दहेज द्वारा अपनी शिक्षा का खर्च उगाहने के साथ, विवाह से पहले कन्या को देख लेने की और उसका रूप और आकार पसन्द आ जाने की भी शर्त लगा देते हैं।

यमुना के शरीर की कृशता और क्षीणता ने परिवार की चिन्ता को बहुत दिन तक टाले रखा। उसके शरीर में विशेष बढ़ती न देख कर परिवार ने उसकी आयु के वर्षों की गिनती में बढ़ती करना छोड़ दिया था परन्तु सभी मामलों में सीमा से आगे बढ़ सकने की भी सीमा होती है। यमुना इक्कीस पार कर चुकी थी। उसे सोलह-सत्रह की ही बताते जाने में स्वयं को ही झेंप अनुभव होने लगी थी।

कन्या का परिवार अपनी युवा कन्या का दान स्वीकार करने के लिए अनिच्छुक नवयुवकों से निराश होकर पक्की उम्र के दुहाजुओं तक की खोज कर रहा था। उस समय बिरादरी की कन्या के अविवाहित रह जाने की आशंका से संत्रस्त, बिरादरी के अभिभावकों ने भद्र परिवार को संकट से उबारने के लिए 'कलाकार' को ललकारा। 'कलाकार' ने प्रतिष्ठा का बोझ स्वीकार कर लिया।

यमुना की आयु और उसके शरीर की उठान में कोई सम्बन्ध नहीं जान पड़ता था। उसके तेरह वर्ष की हो जाने के बाद जो वर्ष आये, वे उसके शरीर को छुए बिना ही चले गये। परिवार ने उसका नामकरण भी

पूस-माघ की किसी घने मेघों से छायी संध्या में नदी की सिमटी हुई काली धारा को देख कर ही कर दिया था।

परन्तु यमुना 'कलाकार' की कल्पना के ओस के बोझ से झुके हुए कमल के लिए सुरक्षित स्थान में आयी थी। 'कलाकार' ने उसी भावना से उसका स्वागत किया। यमुना की त्वचा में उन्हें श्याम-मेघों की स्निग्धता ही नहीं, नील कमल की आभा दिखायी दी। 'कलाकार' ने पत्नी को पहले ही दिन मुग्ध, शिथिल स्वर में 'उत्पला' सम्बोधन कर, उसके लावण्य से आत्म-विभोर हो तृप्ति में आँखें मूँद लीं। यमुना की आँखें रक्त की कमी से पीली जान पड़ती थीं। कलाकार को उन आँखों में वैशाख के चन्द्रमा की ज्योत्स्ना और पत्नी के कृश अंगों में लता की कोमलता दिखायी दी। शिक्षा के अभाव के कारण यमुना की मूढ़ता में एक विवश कर देने वाला भोलापन। उत्पला 'कलाकार' की कलामय अभिव्यक्ति का केन्द्र बन गयी।

विवाह के बाद 'कलाकार' कई दिन तक अपने परिचितों को अकस्मात विवाह कर ही डालने का संदेश आत्म-विस्मृति की मुद्रा में सुनाता रहा। वह प्रायः ही किसी न किसी प्रसंग से मित्रों में 'उत्पला जी' की चर्चा, कभी उनके स्वास्थ्य और अपने कर्तव्य के प्रसंग से और कभी उत्पला जी के भोलेपन और सादगी की चर्चा में करने लगता। उत्पला कहते समय मानो उसका रोम-रोम विह्वल हो जाता। होंठ कुछ ढलक से जाते और पलकें काँप जातीं। अनेक मित्रों और सुहृदों को मामूली चाय का प्याला पिलाने का निमंत्रण दे वह अपने घर ले आता कि उन्हें उत्पला के अभिनय लावण्य और सहज प्रतिभा का परिचय दे सके। मित्र लोग उस परिचय को चाय के घूँट के साथ निगल कर लौटते तो उत्पला की चर्चा करते समय आधे 'त्' के उच्चारण की कठिनाई से बचने के लिए नाम को बिना 'त्' के 'उपला' (उत्तर प्रदेश में गोबर के ईंधन को उपला कहते हैं) उच्चारण कर पेट दबाये हँसते रह जाते।

'कलाकार' के आत्मिक प्रेम की अलौकिकता का परिचय पड़ोसियों को एक दिन मिल ही गया। कलाकार संध्या समय अपने मकान से निकला। वह आत्म-विस्मृति की सी अवस्था में शनैः-शनैः कदम रखता जा रहा था। धोती की सामने लटकती चुन्नट बायीं हाथ में थमी थी।

कलाकार की पट्टी में बँधी दायीं बाँह गले से लटकती हुई पट्टी में टिकी हुई थी।

कलाकार को देख कर लोग पुकार उठे—"ओ भाई कलाकार जी, बाँह को क्या हुआ?"

उनके कुछ उत्तर दे पाने से पहले ही जग्गी पूछ बैठा—"उपला जी मजे में हैं?"

यह अनर्थ देख दूसरे लोगों ने जीभ दाँत तले दबाकर जग्गी को चेतावनी देने के लिए उसकी कमर में चुटकी काट ली। गनीमत हुई कि कलाकार आत्मविस्मृति की अवस्था के कारण उच्चारण की छोटी-मोटी भूल की ओर ध्यान नहीं दे सका था।

कलाकार ने संतोष का दीर्घ श्वास लिया और गले से लटकी बाँह को दिखा कर बोला—"यह उत्पला जी का ही हाल समझिये! उन्हीं की दवाई!" और कलाकार जोर से हँस दिया।

कलाकार की बाँह काफी सूजी हुई थी। हम उसके अत्यन्त रहस्यवादी उत्तर से भँवर में पड़ कर सोच ही रहे थे कि क्या हो गया···कहीं चिड़चिड़ा कर काट ही तो नहीं बैठी?···या उठाकर बेलन ही तो नहीं दे मारा?

कलाकार हम लोगों की मूढ़ता देख मुस्कराकर बोला—"दो-तीन दिन से उत्पला जी की तबीयत ठीक नहीं थी। शरीर में दरद रहता था इसलिए हम आज दफ्तर न जाकर डॉक्टर को बुलाकर लाये। डॉक्टर का खयाल था कि पेट खराब होगा। पेट खराब नहीं था। डॉक्टर ने और पूछा तो शरमा गयीं। जानते ही हो, कितनी भोली हैं। खैर, हमने एक ओर ले जाकर पूछा और तब डाक्टर को जवाब दे पाये। स्त्रियों को हो जाने वाला साधारण कष्ट था।"

जग्गी को बोलने के लिए मुँह खोलते देख सिद्धे ने उसका हाथ दबा कर चुप करा देना चाहा, जाने क्या तूफान कह डाले परन्तु वह कह ही गया—"हाँ कलाकार जी, नारी का भोलापन ही तो उसका लावण्य है।"

'कलाकार' इस अनुमोदन से मुस्करा दिया। सिद्धे ने उतावली से फुफकार छोड़ कर पूछा—"फिर, कलाकार जी फिर क्या हुआ?"

"डॉक्टर एक इंजेक्शन बता गये थे।" कलाकार आगे बोला, "दोपहर में उनका कम्पाउण्डर आया। पिचकारी में दवाई भर लेने के बाद उसने उत्पला जी को बाँह आगे करने के लिए कहा। आप तो जानते ही हैं वे कितनी कोमल स्वभाव हैं। पाँच इंच लम्बी सुई देखी तो चीख पड़ीं। हमें डर हुआ कि कहीं कलेजे को सदमा न लग जाये। बेहोश न हो जायें। उनका भय दूर करने के लिए हमने तुरन्त अपनी बाँह बढ़ा दी और समझाया डरने की कोई बात नहीं है। हम सुई लगवा कर दिखा दें? ···कुछ नहीं होता। चींटी काटने के बराबर भी दरद नहीं होता।

"भोली हैं न! उन्हें क्या मालूम कि इंजेक्शन से दरद नहीं होता। वे कम्पाउण्डर को देख कर काँप रही थीं। हमने सोचा इनका भय मिटाना आवश्यक है। हमने कम्पाउण्डर से कहा—लाओ, इन्हें देखने दो, लगा दो सुई हमारी बाँह में।

"कम्पाउण्डर झिझका। उत्पला जी कम्पाउण्डर के झिझकने से और डर गयीं। कम्पाउण्डर की हिमाकत पर हमें गुस्सा आ गया। उसे डाँटा—क्यों डराते हो उन्हें? लगाते क्यों नहीं सुई हमारी बाँह में? उन्हें व्यर्थ डरा रहे हो।

"कम्पाउण्डर ने हमारी बाँह में सुई लगा दी। हमने उत्पला जी को पुकारा—"देख लीजिए, भय की तो कोई बात नहीं है न! वह बेचारी भय और विस्मय से देखती रह गयीं। उन्हें उसी में भय मालूम हो रहा था—आप तो जानते ही हैं कितनी सीधी हैं।"

मनोहर का मुँह विस्मय में खुला ही रह गया था। सिद्धे ने गले में उठ आई हँसी का बड़ा सा घूँट निगल कर पूछ ही लिया—"तो जनाना बीमारी का इंजेक्शन आप की बाँह में लग गया?"

"हाँ लग ही गया।" कलाकार हृदय की विशालता से मुस्करा दिये।

अब तक मनोहर संभल चुका था। बोल उठा—"तो उपला जी को कुछ फायदा···!" वह पूछना चाहता था परन्तु जग्गी ने उसे डाँट दिया, "मूर्ख हो तुम! उन्हें फायदा होगा कैसे नहीं···प्राण तो एक ही हैं, शरीर दो हुए भी तो क्या!"

मनोहर इस पर भी नहीं माना—"प्राण एक होंगे भाई!" इंजेक्शन तो प्राणों में नहीं शरीर में लगा है। शरीर तो जनाना-मर्दाना अलग-अलग ही हैं।"

'कलाकार' ने उदारता से हँसकर समझाया—"प्राणों से भिन्न होकर शरीर का क्या अस्तित्व रह जाता है? जब प्राणों का ऐक्य है, आत्मा का ऐक्य है, अंग का ऐक्य है; भेद है ही कहाँ?…भिन्न है ही क्या?"

●

# मंगला

जीव-विद्या सीखने और चिकित्सा शास्त्र की खोज करने के लिए कुछ जीवों के शरीर को काट-छाँट कर जाँच-पड़ताल करनी पड़ती है। इस प्रकार की जाँच और खोज से जीवों के शरीर में होने वाली व्याधियों के बारे में अनेक गुत्थियाँ और उलझनें सुलझ जाती हैं। चिकित्सा का काम भरोसे से किया जा सकता है। लाखों जीवों के प्राण बचाये जा सकते हैं परन्तु जिस जीव का शरीर काट-छाँट कर उलझन सुलझाई जाती है, उस बेचारे को जीव विद्या या चिकित्सा शास्त्र के प्राप्त हुए ज्ञान से कुछ लाभ पहुँच नहीं सकता। उसे दूसरों के लिए बलिदान हो गया समझ कर उसके प्रति केवल सहानुभूति और कृतज्ञता ही प्रकट की जा सकती है।

हमारे समाज में मौजूद विषमता और हमारे सामाजिक न्याय के तराजू में आ गये पासंग को प्रकट करने के लिए मंगला के जीवन की भी छीछालेदर हो गयी। मंगला के जीवन में फूटे हुए घावों की जाँच-पड़ताल करके यदि सामाजिक रोग के कारणों का ज्ञान हो सके और सामाजिक न्याय के तराजू में आ गये पासंग को दूर किया जा सके तो अच्छा ही है। मंगला के प्रति जो सहानुभूति प्रकट करने के अतिरिक्त कुछ और किया नहीं जा सकेगा।

जीव-विद्या और चिकित्सा-शास्त्र की खोज के प्रयोजन से शरीर छेदन के लिए स्वस्थ और सुडौल जीवों को ही चुना जाता है। समाज ने भी अपनी अव्यवस्था को ठीक परिमाण और मात्रा में जाँचने के लिए मंगला को ही चुना।

अलमोड़ा के पहाड़ी प्रदेश में हिन्दू सम्प्रदाय का प्राधान्य है। वहाँ हिन्दू सामाजिक प्रणाली और वर्ण-व्यवस्था पर विधर्मी और विदेशी संस्कृति का प्रभाव बहुत कम पड़ा है। मंगला का जन्म अलमोड़ा के एक ब्राह्मण परिवार में हुआ था। उसके माता-पिता बचपन में ही मर गये थे परन्तु वह तो जैसे जीवन का वेगवान उच्छ्वास लेकर ही पैदा हुई थी; निराला ही स्वास्थ्य और निराला ही रूप उसके शरीर में फूटा था। वन्य वनस्पति के रस की छलछलाहट, पहाड़ी नदी का वेग और चौखम्भा की बर्फानी चोटियों से आती वायु के झोंकों की निर्मलता उसके रक्त में थी। यों तो सभी स्त्री-पुरुष एक समय किसी न किसी को आकर्षक जान पड़ते हैं और उससे सृष्टि का क्रम चलता रहता है परन्तु कभी-कभी कुछ लोग नमूने के तौर पर भी सुन्दर होते हैं जिनके सौंदर्य की उपेक्षा नहीं की जा सकती और जिन्हें देख कर पलकें झपक जाना भूल जाती हैं। मंगला ऐसी ही थी और शायद वह जीवन के लिए वैसी ही उत्सुक और समर्थ भी थी जैसे कि ऊँचे पहाड़ की गोद में फूटने वाला नाला ढलवान पर बहकर नदी में मिल जाने के लिए व्यग्र रहता है।

मसेड़ा गाँव का बंसीधर पांडे अच्छा खाता-पीता ब्राह्मण किसान था। उसका बड़ा लड़का लक्ष्मीदत्त बागेश्वर के स्कूल में पढ़-लिख कर नीचे देश में नौकरी करने लगा था। पढ़-लिख कर भी अपने शरीर को किसानी के कष्टकर कर्म में तोड़ना लक्ष्मीदत्त को पसन्द नहीं था। खेतों में 'हालियों' से हल जुतवा लेने के बाद भी खेती का बहुत-सा कष्टकर काम रह जाता है। खेत की निराई, फसल की कटाई, ढुलाई के अलावा घर के पशुओं के लिए नित्य घास-पत्ता लाना, घर के लिए वन से ईंधन और नीचे खड्ड में सोते से जल लाना लक्ष्मीदत्त के लिए रुचिकर न था। वह शरीर से भी विशेष पुष्ट न था इसलिए पहाड़ी देहात में खेती-बाड़ी का काम बाप और सौतेले छोटे भाई केशवदत्त पर छोड़कर बरेली में एक ठेकेदार के यहाँ मुंशीगीरी करने लगा था।

लक्ष्मीदत्त जीविका चाहे जहाँ जाकर कमाता, घर तो उसका अलमोड़ा के पहाड़ों में था। वहाँ ही उसकी जात-बिरादरी थी इसलिए ब्याह उसका वहाँ ही होना था। लक्ष्मीदत्त के पिता ने शहर में रहने वाले अपने बाबू लड़के के ब्याह के लिए 'मातूरी' गाँव के रुद्रदत्त जोशी की भतीजी मंगला को चुना। अनुभवी प्रौढ़ बंसीधर का विचार था कि पढ़ने-लिखने और शहर में रहने से लड़के का मिजाज शौकीन हो गया है। उसके लिए सुन्दर लड़की ही चाहिए। बहू सुन्दर होने से लड़के को पहाड़ का देहाती जीवन इतना नीरस न जान पड़ेगा।

बंसीधर अपने शौकीन, बाबू लड़के को चाहे जो कुछ समझता हो, दूसरे लोगों का ब्याह के समय ही यह जोड़ी कुछ जँची नहीं थी। बच्चाराम की आदत ही तीखी बातें कहने की है। बंसीधर को आड़ में देख उसने कह ही दिया—"यह भी क्या जोड़? जैसे ऊँची रास की गैया के गले मेढ़ा बाँध दिया हो!"

मंगला ससुराल गयी। उसकी ससुराल का घर मायके के घर से बड़ा था। यहाँ खाट की जगह पलंग था। बरतन-भाड़े अधिक और बड़े-बड़े थे। दूध-दही था परन्तु मंगला का आदर नहीं, उसके लिए दुर-दुर ही थी।

मंगला के प्रति लक्ष्मीदत्त ने पहले तो बड़ा चाव और लाड़ दिखाया लेकिन तुरन्त ही जैसे उसका मन फट गया। वह मुँह छिपाने लगा। सभी जवान बहुओं की तरह मंगला चाहती थी 'वो' आये और बात करे परन्तु लक्ष्मीदत्त कतरा जाता, जैसे बात करने को उसका जी न चाहता हो, झेंप आ जाती हो या रूठ गया हो। लक्ष्मीदत्त जल्दी ही अपनी नौकरी पर लौट भी गया।

मंगला की सौतेली सास ने तो पहिले ही दिन समझ लिया था कि हिस्सा बँटाने वाली बैरन आ गयी थी। मंगला अपने घर में सब तरह का काम और खेती-पाती का भी काम करती आयी थी। वह ससुराल में भी सब काम करने के लिए तैयार थी। बिना कहे भी वह काम करना चाहती थी परन्तु वह जिस काम को हाथ लगाती, सास टोक कर बिगड़ उठती। मंगला कुछ न करती तो सास गाली देती कि हरामी हाथ है।

भाग्य की बात, लड़के का ब्याह करने के चार ही महीने बाद मंगला के ससुर को लकवा हो गया और वह चल बसा। मंगला की सास और

छाती पीट-पीट कर बहू को गालियाँ देने लगी—"डायन माँ-बाप को खाकर मेरा घर खाने आयी है। आते ही मेरा सुहाग निगल लिया।"

लक्ष्मीदत्त बाप के मरने पर पन्द्रह दिन के लिए घर आया था। मंगला सोचती थी—'वो' आयेगा तो कहेगी कि सौतेली सास मुझसे जलती है। मुझे भी देश ले चलो। वहाँ तुम्हारे साथ रहूँगी, तुम्हारी खिदमत करूँगी।

लक्ष्मीदत्त घर आया तो मंगला से ऐसे कतराता रहता जैसे पहाड़ी लोग 'सिसूँड़' (बिच्छू-झाड़ी) से बच कर निकल जाते हैं।

मंगला सोचती, सास ने जाने इसे क्या पढ़ा दिया है। वह सौतेली होकर भी इतनी सगी हो गयी। मुझे ब्याह कर लाया है सो मुझसे बात भी नहीं करता। मौका लगे तो पूछूँ मैंने तेरा क्या बिगाड़ा है। कभी माथे पर हाथ रख यह भी सोचती—हाय, लोग तो मुझे कैसे-कैसे देखते थे? यह जाने क्यों मुझे बिच्छू समझ रहा है। मंगला बात करने का मौका जोहती रहती। लक्ष्मीदत्त रात में जाकर गोशाला में सो जाता। वह यत्न में रहता कि बहू से अकेले में सामना न हो। कभी अकेले में मिलना ही हो जाने पर यदि बहू को अपनी ओर प्यासी आँखों से देखते पाता तो उसे पसीना सा आ जाता, आँखें झुक जातीं। मुँह फिरा कर चल देता मानो कुछ जानता ही नहीं। बाप का पिण्ड कराकर वह जल्दी ही नौकरी पर देश लौट गया।

सास की आँखों पर क्या रुई के फाहे रखे थे! वह सब देखती थी। उसने लक्ष्मीदत्त का मन बहू से फिरा देखा तो चैन की साँस ली। कैकेयी को जितना लोभ अपने पुत्र भरत के लिए दशरथ का राज पाने का था, मंगला की सास को घर की जमीन अपने पुत्र के लिए ही सुरक्षित रखने का लोभ उससे कम न था। सास ने सोचा, यह कुलच्छनी बहू बाँझ ही बनी रहे तो अच्छा। उसने यह भी सोचा कि मैं औरत जात जमीन जायदाद की बात क्या समझूँ? लड़का केशव अभी छोटा है। उसने अपने छोटे भाई और भौजाई को बुलाकर घर पर रख लिया।

मंगला की सास को विधवा हो जाने पर खयाल हो गया कि वह माँदी हो गयी है। मैं माँदी हो गयी हूँ, यह चार हाथ ऊँची साँड़नी सी बहू क्या करेगी? रूखड़ है। घर में बेकार बोझ ही तो है।

मंगला का जीवन और कठिन हो गया। सास रसोई-बर्तन, घर और गोरुओं के लिए पानी लाने, गोशाला समेट कर खाद खेत में डालने और खेती का भी काम उसी से लेने लगी। खाने के लिए मंगला को मडुंए की रोटी देती। सास घर की छाछ चाहे बैलों को पिला देती, चाहे 'हाली' को दे देती परन्तु बहू को न देती। क्यों दे उसे? यों ही बदन से लहू फटा जा रहा है। फनियर नागिन सी फुँकारती फिरती है। आकर ससुर को खा गयी है। खसम को सुहाती नहीं। कोई औरत है? ···जैसे धतूरे का फूल। दैव ने लुभाने को रूप दिया है, बस लुभाने भर को है।

लक्ष्मीदत्त बरस भर घर नहीं आया। वह अपनी कमाई का रुपया घर जरूर भेज देता था परन्तु मनीआर्डर मंगला के नाम नहीं, अपने छोटे सौतेले भाई केशवदत्त के नाम भेजता था। सास मंगला को गाली देकर कहती—यह मुँहजली राँड़ है ही ऐसी कि इसके डर से मेरा लड़का घर नहीं आ पाता। बेचारे को दैव बनाये रखे। यहाँ आयेगा तो यह नागिन उसे भी डस लेगी।

मंगला ने आते-जाते आदमियों के हाथ, तीन कोस दूर 'मसूरी' गाँव में अपने चाचा के यहाँ कई बार संदेश भेजा—मेरी जिन्दगी जोखिम हो रही है आकर ले जाओ। चाचा ने कई बार संदेश मिलने पर अपने लड़के के जनेऊ पर मंगला को बुलवा भेजा।

मंगला को पीहर आये दस दिन भी नहीं बीते थे कि उसकी ससुराल से आदमी उसे लौटा ले जाने के लिए आ गया। उसके देवर को लकवा हो गया था और सास ने उसे लौटा लाने के लिए अपने भाई को भेज दिया था।

मंगला लाचार ससुराल लौट आयी। सास ने गिड़गिड़ाकर झोली पसार-पसार कर उससे अपने बेटे के प्राणों की भीख माँगी। सास को विश्वास था कि मंगला डायन है और उसने उसके लड़के पर 'घा़त' मरण मंत्र डाल दिया है। सास ने मंगला के पाँव छू-छू कर कहा—तू सब खेत, जमीन, घर, गोरू सम्भाल ले। मेरे बेटे की जान छोड़ दे। उसने मंगला की बहुत खुशामद की। उसके लिए नया घाँघरा, चादरा और अंगा भी बन गया।

मंगला लज्जा और दुख के मारे मरी जा रही थी। वह हरदम मनाती रहती—राम जी मेरे देवर का दुख दूर करो, चाहो मेरे जान ले लो! मेरे

देवर को चंगा कर दो। इससे पहले उसने सास से दुख पा कर मन ही मन सास को क्या-क्या अभिशाप नहीं दिये थे परन्तु अब वह सास के दुख से दुखी होकर सास के लिए और अपने देवर के लिए शुभ कामना करने लगी।

ओझाओं की मंत्र-शक्ति के बल से या मंगला के दया कर अपना शाप हटा लेने से, जैसे भी हो, मंगला का देवर चंगा हो गया। मंगला की फिर वही पुरानी दशा हो गयी। सास, सास के भाई और भौजाई तथा देवर का खाना बनाने, बर्तन-भाँड़े का काम, घर और गोरुओं के लिए घास-पानी की ढुलाई, गोशाला का खाद खेतों में डालना, अनाज कूटना और फिर खेतों का भी काम। खाने के लिए अनाज कम और गालियाँ अधिक। देवर की बीमारी के समय जो भले रंगीन कपड़े उसे सिलाकर दिये गये थे वे घिस कर बेरंग होकर फट भी गये परन्तु उन कपड़ों के लिए सास की गालियाँ और ताने बढ़ते ही गये थे।

लक्ष्मीदत्त रुपया घर जरूर भेज देता परन्तु स्वयं कभी न आता। मंगला दिन भर मेहनत करती। रात में कुछ देर रोती, कुछ देर सोती। रूखा अन्न खाती और दुर-दुर झेलती। उसके कपड़े-लत्ते फट-फट कर गिर जाना चाहते थे परन्तु वह उन्हें गाँठ बाँध-बाँध कर सहेजे थी। उसके अंगों का सुडौलपन, जो अच्छे मजबूत कपड़ों में छिप न सकता, इन चीथड़ों में क्या सम्भालता! कुछ नहीं था तो भी उम्र तो थी। प्रकृति ने उसे जो रूप दिया था, उसका मूल्य अभी प्रकृति लौटा कहाँ पायी थी!

अपने घर में ठुकराई और दुत्कारी हुई मंगला के लिए बीसियों आँखों में आदर और चाव था पर इस आदर और दुलार में एक चुभन और भय था। गृहस्थिनों को आतंकित करने वाले आदर और दुलार से रक्षा करने के लिए परिवार और पति की आड़ होती है परन्तु मंगला को ठेल कर रक्षा की इस आड़ के बाहर निकाल दिया गया था। वह आदर और दुलार का झोंका अनुभव करती तो भय से सिहर जाती। चाहती कि छिप जाये परन्तु छिपती कहाँ? उससे तो आड़ छीन ली गयी थी। वह चाहती थी मायके ही चली जाये। जैसी मेहनत-मजूरी ससुराल में करती है, वैसी ही वहाँ भी कर लेगी। दुत्कार-फटकार से बची रहेगी। मंगला ने चाचा के यहाँ कई सन्देश भेजे परन्तु किसी ने उसकी चिन्ता नहीं की। जिस औरत का आदमी उसकी चिन्ता नहीं करता उसका दरद कौन हरेगा? कभी

सोचती कि जोगन ही हो जाय। उससे सुना था 'बागेश्वर' में जोगिनें रहती हैं पर बागेश्वर की राह उसे मालूम न थी।

कुमायूँ-अलमोड़ा में नीच समझी जाने वाली जातियों की आर्थिक अवस्था प्रायः खराब है। कठिन परिश्रम के सब काम ऊँची जातियों के लिए भी उन्हें ही करने पड़ते हैं। उन्हें 'शिल्पकार' नाम से पुकारा जाता है। हल की मूठ छूने से जिन ब्राह्मणों के जातिच्युत हो जाने की आशंका रहती है उनकी जमीन पर हल जोतने का काम शिल्पकार ही करते हैं। कद-काठी और रूप-रंग भी इनका अपनी आर्थिक अवस्था के अनुसार ही हो सकता है। देखने से ही लोग कह देते हैं कि ऊँची जातियाँ आर्य रक्त से हैं और शिल्पकार लोग भिन्न नस्ल के या आदिवासी हैं। शिल्पकारों की आर्थिक अवस्था दयनीय होने के कारण इनकी स्त्रियाँ ऊँचे वर्ण के लोगों के लिए सुलभ रहती हैं। लोगों की कामना और वासना उच्च वर्ण वर्णाश्रम के नियामक मनु महाराज ने अन्त्यजों (शिल्पकारों) को अस्पृश्य बताया है परन्तु शिल्पकार जाति की स्त्रियों के सम्बन्ध में उच्च वर्ण के लोगों की कामना और वासना मनु के आदर्शों का पालन नहीं कर सकती।

शिल्पकारों में कभी-कभी रूप-रंग देखने में आ जाता है जो ऊँची जाति के ब्राह्मण-ठाकुर को भी लजा दे। विस्मय प्रकट करने पर उत्तर मिलता है कि द्विज लोग कामिनी और कंचन की कद्र कीचड़ में पड़े रहने पर भी करने से नहीं चूकते इसलिए कहीं-कहीं शिल्पकारों में रक्त के सम्मिश्रण से ऊँची जात की पूरी रूप-रेखा दिखाई दे जाती है। बंसीधर पांडे का 'हाल' शेरुआ ऐसा ही शिल्पकार था।

मंगला को ससुराल के घर में अगर किसी ने दुत्कार-फटकार नहीं थी और यदि कोई कभी उससे आदर और सहानुभूति का बोल बोल देता था तो हाली शेरुआ ही। शेरुआ मंगला की आँखों में आँसू लटके देखता तो उसके चेहरे पर सहानुभूति झलक आती। कभी मंगला मन का बोझ हलका करने के लिए अपना दुख उससे कह ही डालती तो वह ढाढ़स बँधाता—बराणज्यू (मालकिन) धीरज धरने से ही होता है। कभी वह ल़क्ष्मीदत्त को चिट्ठी लिखवाने की बात समझाता, कभी मायके में चाचा को संदेश भेजने की राय देता। मंगला जानती थी इन सब बातों से कुछ होने का नहीं। वह गहरी साँस ले चुप रह जाती। मंगला ने कई बार

शेरुआ से पूछा—"शेरुआ, बागेसर कितनी दूर है?...कौन राह जाती है?"

"क्या करोगी मालकिन?...बागेसर का क्या होगा? बराणी (घरवाली) का अपने घर रहना ही ठीक होता है।" शेरुआ ने समझाया।

"यह घर है?" मंगला ने उत्तर में पूछा, "घर कौन छोड़ता है? घर ही होता तो क्या बात थी! घर से तो इन लोगों ने निकाल ही रक्खा है। मैं घर से चिपकी हूँ। चली जाऊँगी तो इन लोगों को भी चैन होगा। मेरे भी दिन राम का नाम लेते कट ही जायेंगे। यहाँ ही क्या है!"

"नहीं, ऐसे मन छोटा मत करो बराणज्यू! मालिक आयेंगे। तुम्हारे दिन फिर जायेंगे। देश-विदेश गये आदमी को घर लौटने में सौ झंझट हो सकते हैं। धीरज धरो!" शेरुआ सहानुभूति से समझाता।

मंगला जोगन बनने की बात सोचती रहती परन्तु साहस न कर पाती। दिन कटते जा रहे थे। कई महीने और कट गये। बरसात बीती ही थी। जंगलों में ईंधन प्रायः गीला था। एक दिन सास ने मंगला को ईंधन बटोर लाने भेजा। उसे लौटने में बेर होती देख सास थोड़ा-सा धान ले खुद ही कूटने लगी थी कि मंगला लौटी। सास ने विलम्ब से आने के अपराध में धान कूटने का मूसल ही मंगला की कमर पर दे मारा।

मंगला मूसल की चोट से बैठ कर रो रही थी कि सास ने एक लात और उसकी पीठ पर मार कर कहा—"क्यों रो रही है जनमने वालों को! और किसको खायेगी? घर में बूँद पानी नहीं है। मर, जाकर एक गागर ला नहीं तो हड्डियाँ तोड़ती हूँ! बड़ी फूलजादी है। मूसल पीठ में छुआ भी नहीं और रो-रो कर गाँव वालों को सुना रही है।"

मंगला गागर उठा कर पानी लेने खेतों में से उतर नीचे बावड़ी पर गयी। ऊँची जात की बावड़ी से बहा हुआ जल नीचे गढ़े में इकट्ठा होता रहता था। वहाँ से शिल्पकार लोग पानी भर लेते थे। शेरुआ भी अपना घड़ा लेकर पानी लेने आया हुआ था। उसे देख मंगला ने रो कर और हाथ जोड़ कर कहा—"भाई शेरुआ, आज तू मुझे 'बागेसर' की राह बता दे। नहीं तो मैं दाँतुल गले में मार कर मर जाऊँगी। तुझे ब्राह्मणी की हत्या का पाप लगेगा।"

शेरुआ ने समवेदना से मंगला के रोने का कारण पूछा। मंगला ने अपनी कमर पर हाथ रख कर कहा—"ऐसी मार तो नहीं खायी जाती। या तो आज रात चली जाऊँगी या गले में रस्सी देकर मर जाऊँगी।"

शेरुआ ने मंगला को बताया—"बायें हाथ की जो पगडंडी उतरती हैं, उससे कोस भर जाकर 'नतेड़ा' गाँव है। फिर कोस भर पर 'जोबर' है। वहाँ से सड़क मिलती है। पाँच कोस होगा बागेसर वहाँ से, पर बराणज्यू तुम भटक जाओगी। रात को जंगल में कहाँ भटकेगी? कोई आदमी ही मिल जाय? सभी आदमी तो भले नहीं होते।"

"तू सड़क तक पहुँचा देना।"

"अच्छा"

"एक पहर रात गये वहाँ बावड़ी पर रहना, मैं आऊँगी। देख, मेरी मदद करेगा तो यह कड़े तुझे दे दूँगी।" अपने हाथ के चाँदी के कड़े दिखा कर मंगला ने कहा।

शेरुआ ने हामी भर ली।

मंगला उस रात चौके बर्तन का काम समाप्त करके सोने के लिए गोशाला की पौड़ पर गयी तो जाकर सदा की तरह थकावट से लेट गयी। घुटनों पर ठोड़ी रखे बैठी सोचती रही। कुछ देर बाद उठी और बिना आहट किये बावड़ी की पगडण्डी पर उतर गयी।

बावड़ी के पास शेरुआ एक मैली सी पंखी (लोई) ओढ़े और हाथ में छोटी सी लाठी लिए झाड़ी की ओट में बैठा था। मंगला को देख कर वह सामने आ गया। मंगला उसके पास आकर चुप खड़ी हो गयी।

शेरुआ ने बहुत धीमे स्वर में मंगला से कहा—बराणज्यू लौट जा !"

"ना" मंगला ने इनकार में सिर हिला दिया।

शेरुआ आगे-आगे चला और मंगला पीछे-पीछे। कुछ दूर जा कर शेरुआ बोला—गाँव को बचाकर चक्कर से चलें? कोई पूछेगा तो क्या जवाब देंगे! समझीं?" मंगला ने हामी भर ली।

मंगला शेरुआ के पीछे-पीछे रात भर चलती रही। वे लोग सड़क पर नहीं, पगडंडियों की ही राह चले जा रहे थे। पौ फटने लगी तो शेरुआ ने

मंगला को समझाया—"दिन की रोशनी में काहे को चलें। कोई पूछेगा तो सवाल-जवाब करना पड़ेगा। यहाँ पास ही मेरे चचेरे भाई भोगिया लुहार का घर है, थकी भी है तू। दिन में कुछ बना खा कर सो रहना। अलग से बर्तन और अनाज दे देंगे। रात को फिर आगे चले चलेंगे।"

मंगला मान गयी और ऐसे ही हुआ। शेरुआ ने अपने भाई से कह कर मंगला को बर्तन और चावल-दाल दिला दिया। भोगिया के घर के पास ही नीचे पानी था। मंगला नीचे उतर कर अपने हाथ से पानी ले आयी। उसने अपने लिए बना कर खाया और किवाड़े बन्द किये। कुछ देर पड़ी सोचती रही और फिर सो गयी।

मंगला की नींद खुली तो उसने किवाड़ों की फाँकों से झाँक कर देखा, धूप सिमिट चुकी थी, सूरज डूबने को हो रहा था। सोचा, जरा अँधेरा हो जाय तो शेरुआ आये और फिर आगे चलें, जोगियों के अखाड़े में पहुँच जायें। उसका मन अभी से जोगिनों का सा हो रहा था। वह संकट से मुक्ति की साँस ले रही थी।

शेरुआ अँधेरा होने पर आया। वह एक लत्ते में आटा बाँधे था। बोला—"भूखी क्यों चलेगी? पका कर खा ले। रात पड़ लेने दे। अब दूर ही कितना है। यहाँ से तो बागेसर तीन ही कोस है।"

शेरुआ ने बहुत हित से बात कही थी। मंगला ने मान ली। मंगला ने रोटी सेकी और खा कर वह चलने के लिए तैयार हो गयी। शेरुआ फिर आया तो एक पहर रात बीत चुकी थी। वह मंगला के पास बैठ कर बोला—

"सुन बराणी, जोगन बन जायेगी तो क्या जात बच जायेगी?"

"कहाँ जात बच जायेगी" उदासी से मंगला ने उत्तर दिया, "जोगी, जोगन की जात क्या? जान बच जाये, जात का क्या है; नहीं बचती तो जाये!"

"तो फिर हम तुम बस जायँ? ''मेरे साथ कराव कर ले न! नियमित विवाह के बिना घर वाली बन जाना!" शेरुआ ने मंगला के समीप सरक कर कहा।

मंगला सहसा कुछ कह नहीं सकी। वह अपने आँचल में सिमिट कर परे हट गयी। शेरुआ ढिठाई से मंगला के बहुत समीप हो गया और लम्बे-लम्बे, गरम-गरम साँस लेने लगा।

मंगला ने उत्तर दिया—"ना शेरुआ, ऐसा कहीं होता है! जोगन ही बनूँगी। वही भाग्य में है।"

"मान जा!" शेरुआ ने मंगला की ओर झुक कर हाथ उसकी पीठ पर रख दिया।

मंगला ने "ना ना" कहा और शेरुआ का हाथ बार-बार परे हटाया परन्तु वह लड़ाई न कर सकी। उसकी आँखें मूँद गयीं और हाथ शिथिल हो गये। वह अपने ब्राह्मण आदमी से क्या चाहती थी? ···'आदमी' की बाट जोहती रही। और शेरुआ 'आदमी' ही तो था।··· कितना अच्छा··· वह उसका 'आदमी' बन रहा था।

रात का एक पहर क्या तीन पहर बीत चुके थे। अँधेरी कोठरी में मंगला जमीन पर शेरुआ की बाँह पर सिर रखे पड़ी थी। उसने शेरुआ से पूछा—"तो कहाँ बसेंगे?"

कितना पहाड़ी देश पड़ा है, कितना मैदान का देश पड़ा है। जहाँ हाथ-पाँव हिलायेंगे बस रहेंगे।"

दो दिन शेरुआ और मंगला भोगिया के यहाँ ही रह गये। उन्हें सूरज निकलने डूबने का भी पता न चला। भोगिया भाई को शरण देने के लिए तैयार था परन्तु दो-दो जीवों को पेट भर खिलाते रहना उसके बस की बात न थी। उसकी अपनी घरवाली और लड़की और स्वयं भी पड़ोस के गाँव में खेतों में मजदूरी करते थे तो पेट भरता था। उसने शेरुआ और मंगला से भी कहा—"पेट भरने को तुम भी कुछ हाथ-पाँव हिलाओ!"

शेरुआ खेतों पर जाने के लिए तैयार हो गया। मंगला भी तैयार हुई।

भोगिया ने मंगला को समझाया—"यह सोने की फुल्ली नाक का आभूषण और चाँदी की इतनी भारी हँसली और कड़े किसने कब शिल्पकारों के यहाँ देखे हैं? ये गहने लोगों की आँखों में गड़ेंगे। ला इन्हें दे दे, सम्भाल कर रख दूँ।"

मंगला ने गहने उतार दिये। असली गहना तो अब उसके मन में था। मंगला भोगिया की बहू की तरह अपने चीथड़ा लहँगे को सम्भाल और चदरे का फेंटा कमर में कस कर फसल काटने के लिए खेतों में गयी और शिल्पकारों की तरह काम करती रही। दो-तीन दिन यह चला।

शेरुआ ने मंगला से सलाह की—"ऐसे नहीं चलेगा। भोगिया के यहाँ कितने दिन निबहेगा? हम लोग बागेसर के सख्त मैदान के देश में चले चलें। घर पर मेरी थोड़ी चाँदी (रुपया) दबी रक्खी है। मैं जाकर ले आऊँ। तू भोगिया के साथ कल 'बागेसर' पहुँच जा।"

दूसरे दिन मंगला भोगिया के साथ बागेसर चली गयीं। बागेसर के बाजार में मुसाफिर जिन दूकानों से सौदा-पत्ता खरीदते हैं उन्हीं दूकानों पर टिक भी जाते हैं। शिल्पकार ऊँची जाति की दूकानों में नहीं ठहर सकते। वे या तो किसी शिल्पकार के घर ठहरें या तीन-चार मुसलमान दूकानदारों में से किसी के यहाँ। भोगिया बागेसर आता था तो लोहा और दूसरा सौदा-सुल्फ नजीर पंसारी के यहाँ से खरीदता था और उसी के यहाँ रात भी काट लेता। शेरुआ को उसने नजीर के यहाँ आ जाने को कह दिया था।

भोगिया मंगला को लेकर संध्या समय बागेसर में नजीर के यहाँ पहुँचा। आते ही उसने कहा—"मेरी भौजी साथ है। हम ठहरेंगे। जगह चाहिए। मेरा भैया भी आता होगा।"

नजीर मियाँ ने जगह दे दी।

शेरुआ आधी रात बीते तक भी नहीं आया। मंगला का मन घबरा रहा था। दूसरे दिन सुबह भी शेरुआ न आया। दोपहर के समय शेरुआ तो क्या आता, भोगिया भी गायब हो गया।

शेरुआ सन्ध्या तक भी न लौटा तो नजीर मियाँ ने मंगला से पूछा—"बहू, तेरा आदमी नहीं आया। तेरा देवर कह गया था, सौदे के लिए दाम कम पड़ रहे हैं। घर से दाम लेकर शाम तक लौटूँगा। वह अभी आया नहीं।"

नजीर की बात सुन कर मंगला के मन में खटका हुआ। उसने पूछा—"मेरा जेवर उसके पास था?"

"मुझे तो और कुछ नहीं कह गया" नजीर ने उत्तर दिया, "अभी लौटा नहीं, वह सबेरे तक आ ही जायेगा। तेरे खाने-वाने का क्या होगा?"

मंगला चुप रह गयी!

नजीर मियाँ ने सोचा, बेचारी बहू भूखी काहे को रहे। पड़ोस में जाकर हिन्दुओं से कहा—"शिल्पकार अपनी भौजी को छोड़ कर सौदे के

लिए रुपया लेने घर गया था, लौटा नहीं। अभी तक बेचारी राह देखती रही। उसने कुछ आटा-चावल माँगा नहीं। तुम लोगों के यहाँ बना कुछ फालतू हो तो दे दो। बेचारी भूखी काहे को रहे।''

नजीर के पड़ोस में सुनार का घर था। उसने बहू के लिए दो रोटी-तरकारी पहुँचा दी। मंगला ने जो मिला खा लिया और सोचती रही, मेरे साथ जाने क्या होने को है।

अगले दिन भी जब दोपहर तक न भोगिया और न शेरुआ ही लौटा तो वह निराश हो भाग्य का खेल देखने की प्रतीक्षा में बैठ गयी।

नजीर मियाँ ने मंगला को सुना कर आश्चर्य प्रकट किया—''तेरे आदमी क्यों नहीं आये? क्या बात होगी? खैर, तू सौदा ले ले और बना कर खा; भूखी क्यों बैठी रहेगी?''

उस दिन भी भोगिया और शेरुआ साँझ तक नहीं आये सो नजीर ने चिन्तित स्वर में कहा—''बहू, तेरे आदमी किसी झगड़े में तो नहीं फँस गये? सुनते हैं, मसेड़ा से शिल्पकारों ने कोई ब्राह्मणी भगाई है और लापता है। उसकी ढूँढ़ हो रही है। तेरा आदमी और देवर उसी झगड़े में तो नहीं फँस गये?''

मंगला रो उठी—''बाबा, मैं ही हूँ!''

नजीर मियाँ के पाँव तले की धरती निकल गयी—''तो क्या मुझे मरवाओगी? ...अच्छा धोखा किया तुम लोगों ने!...भाई तुम लोगों को जहाँ जाना था अपने चले जाते। वे लोग तो तुझे-मुझे छोड़ अपनी जान बचा कर भाग गये और जान पड़ता है तेरा जेवर भी ले गये। पुलिस मुझे भी पकड़ेगी और तेरी भी मिट्टी खराब करेगी।''

''बाबा, अब तुम जानो जैसे हो बचाओ।'' रो कर मंगला ने उत्तर दिया।

''मैं क्या जानूँ बहू।'' नजीर ने विवशता प्रकट की, ''हिन्दुओं की बस्ती है। कांग्रेसी राज है। लोग सुनेंगे कि मेरे घर में हिन्दू औरत है तो मेरी तो बोटी नहीं बचेगी। तू कहीं चली जा। किसी हिन्दू के घर जाकर ठहर। जहाँ कहे मैं पहुँचा दूँ!''

मंगला रोती रही—''बाबा, मैं किसी को जानती नहीं। तुम चाहे जो करो। निकाल दोगे तो जाकर राह में बैठ जाऊँगी।''

नजीर मियाँ माथा ठोक कर रह गये। मंगला को फूट-फूट कर रोती देख उन्होंने कहा—"बहू, अब रोती क्यों है? शायद वे लोग आ ही जायँ। मेरे लिए तू बेटी की जगह है। यहाँ तुझे डर लगता है तो चल भीतर जनाने में बैठा जा। खाना तू अपना अलग से दो पत्थर रख कर बना लेना।" वे मंगला को दूकान के पिछवाड़े अपने घर में बैठा आये।

शेरुआ भोगिया के यहाँ से मसेड़ा लौटा था कि अपनी दबी हुई चाँदी निकाल कर बागेसर पहुँच जाये। वह रात पड़े अपने घर पहुँचा तो उसे मालूम हुआ कि गाँव के ब्राह्मण और ठाकुर मंगला के भाग जाने से बहुत बिगड़ रहे थे और ब्राह्मणी को भगाने वाले का सिर फोड़ देने के लिए शेरुआ को भी ढूँढ़ रहे थे। बागेसर में पटवारी के यहाँ भी लोगों ने रपट लिखा दी है।

शेरुआ ने समाचार सुना तो उसके औसान खता हो गये। उसने झटपट अपनी चाँदी निकाली और रात के अँधेरे में ही बिना आहट किये जंगल-जंगल की राह रानीखेत की तरफ निकल गया।

बागेसर में खबर पहुँची कि मसेड़ा से बंशीधर पांडे की बहू को शिल्पकार भगा ले गये हैं और साथ ही सनसनी फैल गयी कि नज़ीर मियाँ के यहाँ कोई हिन्दू औरत भी बन्द है। लोगों ने जाकर कांग्रेसी आदमी पूरन साह के यहाँ दुहाई दी—यह क्या जुल्म हो रहा है। नजीर के यहाँ अभी तलाशी होनी चाहिए।

नजीर मियाँ की दूकान और मकान भीड़ से घिर गये। पटवारी को लेकर पूरन साह भी आ गये। भीड़ से घिरे नजीर मियाँ हाथ जोड़े गिड़गिड़ाकर कह रहे थे—"भाइयो, मैं क्या जानूँ। भोगिया शिल्पकार अपनी भौजी बता गया है। कहता था मेरा भैया भी आ रहा है। वह हमेशा से दूकान पर सौदा लेता है और टिकता है। इसको भी मैंने टिका लिया। कहता था, सौदे के लिए दाम कम पड़ गये हैं। अपनी भौजी को छोड़ घर दाम लेने के लिए गया है सो लौटा नहीं। मैंने तो बहू को हाथ जोड़ कर कहा कि अपने आदमियों के आने तक किसी हिन्दू भाई के घर बैठो। वह घबड़ाहट में रोती जा रही थी। मैंने सोचा, अकेली डर रही है इसलिए जनाने में बैठा दिया।"

लोगों ने क्रोध में कहा—यह मुसल्ले कभी बाज नहीं आ सकते! हिन्दू औरत को मुसलमान के जनाने में ले जाने का क्या मतलब? औरत दूकान पर सोती तो हम मानते कि मुसाफिर है। घर में बन्द करने का मतलब ही भगाना है।

मंगला को नजीर मियाँ के घर से निकाला गया। पुलिस ने नजीर को हिरासत में ले लिया।

बागेसर में थाना नहीं, हवालात नहीं। पुलिस के अधिकार पटवारी के हाथ में ही हैं। पुलिस अफसर की हैसियत से पटवारी का दर्जा सब-इन्सपेक्टर का होता है। पटवारी ने मंगला को कस्बे के प्रधानों की सहायता और सहयोग से हिरासत में ले लिया। तहकीकात के दौरान में पूरन साह के मकान पर रखी जाने का हुक्म दे दिया।

मंगला को नयी जगह ले जाया जाने से आशंका हो रही थी। उसने मिन्नत की कि उसे नजीर मियाँ के घर उनकी बुढ़िया बीबी और लड़की के पास ही रहने दिया जाय परन्तु हिन्दू औरत को मुसलमान के घर कैसे रहने दिया जा सकता था? स्थानीय हिन्दू जनता को संतुष्ट करने के लिए हिन्दू औरत को अपने घर रखने वाले मुसलमान नजीर मियाँ और उनके जवान लड़के को भी गिरफ्तार करना आवश्यक था।

मंगला से पूछने पर उसने अपनी उम्र बताई थी बीस-इक्कीस बरस। मंगला के इस उत्तर से एक कानूनी कठिनाई होती थी। बीस बरस की औरत के भगाये जाने पर दफा ४९८ के अनुसार जब तक पति अदालत में दरखास्त न दे पुलिस मामले को हाथ में नहीं ले सकती थी और मंगला को नजीर के घर से जबरन नहीं हटाया जा सकता था। मामले का चालान दफा ३६३ और ३६६ में किया जा सकने के लिए मंगला की उम्र लिखी गयी सत्रह-बरस।

भोगिया इधर-उधर भागता-छिपता हुआ चौथे दिन गिरफ्तार हो गया।

चारों गिरफ्तार व्यक्तियों—मंगला, नजीर, उनके लड़के बशीर और भोगिया को अदालत में मामला पेश किया जाने के लिए अलमोड़ा लाया गया। भोगिया, बशीर और नजीर मियां जेल की हवालात में बन्द हो गये।

मंगला को मजिस्ट्रेट साहब के हुक्म से सरकारी खर्च पर विधवाश्रम में रख दिया गया। प्रयोजन था शेरुआ, भोगिया, बशीर और नजीर के विरुद्ध मुकद्दमे में पुलिस की ओर से गवाही में पेश होने के लिए मंगला मौजूद रहे।

पहाड़ में स्त्रियों को बहका कर भगाये जाने के मामले बहुत अधिक हो रहे थे। ऐसे अपराधों की जाँच-पड़ताल और रोक-थाम के लिए अलहदा अफसर नियत कर दिये गये थे। मजिस्ट्रेट साहब के अलमोड़ा आने की प्रतीक्षा में मंगला को विधवाश्रम में रखा गया था। उसके साथ जो व्यवहार हो रहा था उसे वह दण्ड समझ कर सह रही थी। उसने समझा कि पति के घर से भागने के अपराध में उस पर सरकारी कब्जा हो गया है। सरकारी आदमियों के सामने उसे किसी प्रकार की आपत्ति करने का अधिकार नहीं है।

मजिस्ट्रेट साहब जाड़े के मौसम में अलमोड़े में सर्दी की कठिनाई के कारण वहाँ आना कम पसन्द करते थे इसलिए तीन मास तक मजिस्ट्रेट के दौरे की प्रतीक्षा करने के बाद मंगला को पटवारी साहब की निगरानी में और दूसरे अभियुक्तों को पुलिस की हिरासत में मुकदमे के लिए हलद्वानी भेज दिया गया।

दो एक दिन पटवारी साहब मंगला के लिए उचित स्थान की खोज में उसे होटलों और सिनेमा के चक्कर लगवाते रहे और फिर उसे 'सरकारी स्त्री रक्षा भवन' में जमा करा दिया गया। पुलिस शेरुआ को गिरफ्तार करने के लिए और मामले की तहकीकात के लिए अदालत से मोहलत पर मोहलत लेती चली जा रही थी और मंगला परेशान हो रही थी।

गर्मी का मौसम आ गया और जज साहब अलमोड़ा चले आये। हलद्वानी में तहकीकात पूरी नहीं हो सकी और न मामले का फैसला हो सका था। पुलिस मंगला को फिर अलमोड़ा लौटा ले आयी। मुकद्दमे की गवाही में पेश करने के लिए उसे फिर विधवाश्रम में जमा कर दिया गया।

मंगला का रंग अब भी गोरा था पर गुलाबीपन की जगह मुर्दनी छा गयी थी। शरीर हड्डियों का ढाँचा भर रह गया था। उसे दिल की और

दूसरी जाने कौन-कौन शिकायतें हो गयी थीं परन्तु सरकार को गवाही के लिए उसकी जरूरत थी। उसे भाग जाने कैसे दिया जाता? मंगला को सम्भाल कर रखने की जिम्मेदारी लेने के लिए कोई तैयार न था। उसकी बीमारी से विधवाश्रम भी ऊब गया था। सरकार के हुक्म से मंगला को अस्पताल में रखा गया कि उसे अदालत में अपराधियों के विरुद्ध गवाही के लिए सरकार की ओर से पेश किया जा सके।

मरणासन्न रोगिणी मंगला अस्पताल के लिए भी मुसीबत थी। उसकी खाट एक ओर डाल दी गयी। क्षय के रोगी के लायक खुराक उसके टिकट पर लिखी गयी थी परन्तु मंगला को ऐसी खुराक माँगने का क्या अधिकार था? लोगों की दृष्टि में न उसके जीते रहने की आवश्यकता थी, न उसे जीते रहने के साधनों पर अधिकार ही था। उसके लिए दी जाने वाली दवाई भी यों ही पड़ी रहने लगी।

मेहतर गुलाब को जाने मंगला पर क्यों दया आ गयी। मंगला को दवाई पिला देने लगा और उसने अपनी बुढ़िया माँ मिसरी को जो जनाना वार्ड में मेहतरानी थी, मंगला का खयाल करने के लिए कह दिया था। अस्पताल में मेहतर से ज्यादा सहायता और कौन कर सकता है? मिसरी दूध और शोरवा लाकर मंगला को पिला देती थी। आरम्भ में तो मंगला को मेहतरानी के हाथ से खाते-पीते झिझक हुई परन्तु उसने सोचा, मेरे लिए अब जात का क्या सवाल! वह खाने-पीने लगी और पनपने भी लगी।

अदालत में जब मंगला की जरूरत होती, उसे अस्पताल से डांडी पर लाया जाता था। अभी वह पूरे तौर पर चंगी न हो पायी थी कि अदालत ने मामले का निर्णय कर दिया। शेरुआ अब भी गिरफ्तार नहीं हो पाया था और नजीर मियाँ हवालात में ही इन्तकाल कर गये थे। पुलिस की बहुत इच्छा होने पर भी सफाई के वकीलों ने यह साबित न होने दिया कि मंगला की उम्र १७ वर्ष की थी। भोगिया और बशीर पहले ही जमानत पर छूट चुके थे। अदालत ने रिहा किया केवल अपनी गवाह मंगला को। उसे हुक्म हुआ कि अब तुम जा सकती हो। सरकार ने अस्पताल में तुम्हारे रहने का इन्तजाम कर दिया है।

मंगला इतने लम्बे समय तक पुलिस और वकीलों के सब तरह के सवालों का जवाब देने के लिए विवश होकर इतने लम्बे समय में कुछ

ढीठ हो चुकी थी—"हाय तो मैं अब कहाँ जाऊँ?" उसने अदालत से पूछा।

"जहाँ तुम्हें जगह मिले, जो कोई तुम्हें रख ले।" अदालत का जवाब था।

"तो मुझे नजीर मियाँ के यहाँ से ही जबरदस्ती क्यों लाये थे?" अदालत के पास कोई जवाब न था।

मंगला को कहीं शरण पा जाने के लिए कोई जगह न थी। उसे कौन अपने यहाँ रखता? अस्पताल से उसे बाहर कर दिया गया।

मंगला और कोई राह न देख गुलाब मेहतर के घर चली गयी। मिसरी और गुलाब ने उसे हाथों-हाथ लिया। मंगला गुलाब के घर रह गयी। कुछ दिन बाद अलमोड़ा के लोगों ने देखा कि मंगला गुलाब मेहतर की सिला कर दी हुई रेशमी सलवार-कमीज पहन और रंगीन चुनरी ओढ़ कर अलमोड़ा के बाजार और सड़कों पर निधड़क घूम रही थी।

अलमोड़ा के कुलीन ब्राह्मण समाज के सीने में कसमसाहट हुई। एक मेहतर के घर ब्राह्मणी के जा बैठने के अपमान से ब्राह्मणों के सिर में चक्कर सा आ गया। यह वे कैसे सह सकते थे। सदा के लिए ब्राह्मणों की नाक कट जाती! अलमोड़ा में शोर मच गया। धर्मपरायण उत्साही ब्राह्मण समाज ने कहा—ब्राह्मणों का अपमान करने वाले मेहतर का घर फूँक डालो। नगारची टोले में मेहतर गुलाब का मकान बड़ी भारी भीड़ ने घेर लिया।

गुलाब अपने दरवाजे पर खड़ा भय से काँप रहा था और हाथ जोड़ कर गिड़गिड़ा रहा था—"आप लोग अन्नदाता हैं। मेरी क्या मजाल कि कुछ एतराज करूँ? आप लोग इसे हुक्म दीजिये, चली जाय यहाँ से। मैं अगर रोकूँ तो मेरी सजा मौत!"

मंगला गुलाब के घर से निकलने के लिए तैयार न थी।

परिस्थिति गम्भीर हो जाने के कारण मजिस्ट्रेट पुलिस का दस्ता लेकर घटना-स्थल पर पहुँचे। भीड़ को शान्त करने और स्थिति को काबू करने के लिए मजिस्ट्रेट ने मंगला को पुलिस से पकड़वा कर गुलाब के घर से निकलवाया।

मंगला चीख कर रो पड़ी—"मैं यहाँ ही रहूँगी।"

"तुम यहाँ नहीं रह सकती!" मजिस्ट्रेट साहब ने हुक्म दिया।

"तो फिर कहाँ जाऊँ?" मंगला ने पूछा।

"हम नहीं जानते!" मजिस्ट्रेट ने उत्तर दिया और शायद फिर अपने उत्तर पर स्वयं लज्जित होकर मजिस्ट्रेट ने मंगला को मेहतर के घर से निकालने की माँग करने वाली जनता को सम्बोधन कर पूछा, "आप लोगों में से कोई इसे अपने यहाँ रखेगा?"

भीड़ में से किसी ने हामी न भरी और भीड़ छटने लगी।

मंगला ने माथा पीट लिया कि सरकार उसे फाँसी पर क्यों नहीं लटका देती। रहने की जगह नहीं देती और जहाँ वह रह सकती है, वहाँ उसे रहने नहीं दिया जाता।

मजिस्ट्रेट अपनी आँखों में आये आँसू पी गये और सब-इंस्पेक्टर को हुक्म दे दिया—"फिलहाल इसे विधवाश्रम पहुँचा दिया जाय।" और स्वयं चल दिये।

मंगला ने चिल्लाकर विरोध किया—"मैं विधवाश्रम में नहीं रहूँगी, कभी नहीं रहूँगी।"

मजिस्ट्रेट साहब ने घूमकर नहीं देखा। देखते तो उत्तर क्या देते इसलिए उन्होंने सुना नहीं। पुलिस जबरदस्ती मंगला को विधवाश्रम ले गयी और वहाँ उसे जमा कर दिया।

दूसरे दिन सुबह ही विधवाश्रम से थाने में रिपोर्ट पहुँची कि मंगला भाग गयी और साथ एक और विधवा को भी ले गयी।

पुलिस ने मोटर पर पीछा किया और 'कोसी' नदी पार कर सकने से पहले ही मंगला दूसरी विधवा के साथ भागती हुई पकड़ ली गयी।

मंगला विधवाश्रम से भागने के अपराध में गिरफ्तार होकर अदालत में मजिस्ट्रेट साहब के सामने पेश हुई।

मजिस्ट्रेट साहब ने सरकारी वकील से राय ली—"कानून की किस दफा के मातहत इसे विधवाश्रम से भागने के लिए सजा दी जा सकती है?"

"हुजूर, ऐसी तो कोई दफा नहीं।"

"किस दफा के मातहत इसे विधवाश्रम में जबरदस्ती रखा जा सकता है?"

''हुजूर, ऐसी तो कोई दफा नहीं।'

दूसरी विधवा की ओर देख मजिस्ट्रेट साहब ने कहा—''यह औरत सत्रह वर्ष से कम उम्र की मालूम होती है।''

''जी हुजूर।'' सरकारी वकील ने समर्थन किया।

''इसे विधवाश्रम लौटाया जा सकता है। इसे अभी वहाँ रखा जा सकता है।'' अदालत के निर्णय के लिए मजिस्ट्रेट साहब ने मंगला को सम्बोधन किया, ''तुम जहाँ चाहो जा सकती हो।''

''गुलाब मेहतर के यहाँ जाऊँगी।'' मंगला ने निडर हो अदालत को सुनाया।

अदालत को इससे कोई मतलब नहीं था इसलिए अदालत चुप रही।

मंगला कानून से जीत गयी परन्तु समाज द्वारा नहीं। कुछ ही दिन बाद ऊँची जात की धमकी से डरे हुए अलमोड़ा के मेहतरों की पंचायत हुई। गुलाब को बीच में खड़ा कर सवाल किया गया—

''हम लोग गैर जात की बेटी घर में डालेंगे तो हमारी बेटियों के लिए कहाँ जगह होगी? गुलाब को जात से बेजात किया जाय?''

गुलाब ने सिर झुका कर मुआफी माँगी—''पंचों का हुक्म सिर माथे। मैं आज ही उसे घर से निकाल देता हूँ।''

मंगला फिर निकाल दी गयी।

# डॉक्टर

"कांग्रेस आन्दोलन में दो बार जेल जाने से अपने घर का कारोबार चौपट हो ही रहा था, शेष चौपट कर दिया चोर-बाजारी ने। भलमनसाहत की राह चलने वाले व्यापारी के लिए बाजार में माल ही नहीं था। निश्चय किया—यह सब झगड़ा छोड़ कर एक लारी भाड़े पर चलाने का काम कर लिया जाये।

"बहुत दिन पहले इस मतलब की एक दरख्वास्त, जिला कांग्रेस के प्रधान की सिफारिश सहित, लखनऊ सचिवालय (सेक्रेटेरियेट) में लारी की परमिट के लिए भेजी थी। यह दरख्वास्त सचिवालय की भूल-भुलैया में राह भूल, जाने कहाँ थमी रह गयी। अपने जिले के एक सभा-सचिव (पार्लियामेण्टरी सेक्रेटरी) हैं। उनसे परिचय है और अपने को मानते भी हैं। उनके साथ एक बार जेल भी काटी है। सोचा कि लखनऊ जा कर उनकी मार्फत यत्न किया जाय।

"कई दिन से आँखें आई हुई थीं परन्तु इस काम की भी उपेक्षा नहीं की जा सकती थी। इसी मतलब से एक दिन के लिए लखनऊ गया था। सभासचिव साहब के बंगले का ठीक-ठिकाना मालूम न था। होटल का

खर्चा बचाने के लिए इंटर के वेटिंगरूम में झोला, बिस्तर चौकीदार को सम्भलवा कर सचिवालय की राह ली। विचार था कि दिन में काम पूरा कर रात की ही गाड़ी से घर लौटा जा सकेगा। अगले ही दिन होली का त्योहार भी था। सभा-सचिव साहब तक पहुँच पाना बहुत सहल न था। उसी में साढ़े-पाँच बज गये। मिलने पर उन्होंने काम करवा देने का आश्वासन दिया और कागज पर सब बातें नोट कर लीं।

आँखों में कष्ट होने के कारण लखनऊ के सदा दिवाली मनाते, बिजली से जगमग बाज़ारों में घूमते न बनता था। आठ ही बजे स्टेशन लौट आया। वेटिंगरूम में भी बिजली का तेज प्रकाश था। काली ऐनक लगाये रहने पर भी रोशनी से आँखों में चुभन होती थी। गाड़ी में अभी बहुत देर थी। आँखों को अँधेरे में विश्राम देने के लिए स्टेशन से कान्यकुब्ज कालेज के चौराहे तक जो सड़क का भाग बिना रोशनी का था वहाँ ही चहल-कदमी कर रहा था। दूसरे लोग भी आ-जा रहे थे।

अचानक पाँव धरती से उठ गये, गिर पड़ा। मेरे ऊपर, मुझे जकड़े हुए एक भारी बोझ आ पड़ा। चीख सुनाई दी—"चोर-चोर!" किसी ने मुझे बेखबरी में पीठ पीछे से कौली में जकड़ कर धरती से उठा कर पटक दिया था और मुझे दबाये चिल्ला रहा था—"चोर! चोर! पकड़ो!" कोई दूसरा व्यक्ति पिंडलियों पर बैठ गया और उसने मेरे हाथ कस कर पकड़ लिए। मेरे कानों के पास खूब जोर से सीटी बज उठी।

राह चलते लोग और एक टाँगा भी ठिठक गया। मुझे धरती पर गिरा कर दबाये रखने वाले चिल्लाने लगे—"जेल से भागा कैदी है। पकड़ो! पकड़ो!"

पुलिस वाले दो थे। सीटी की आवाज से साइकिल पर दो और सिपाही आ गये। राह चलते लोगों ने भी जेल से भागे कैदी को वश में करने की सहायता दी।

मैंने गिरफ्तार करने वालों को समझाने का यत्न किया—ठीक से पहचान तो लो भाई! मेरठ का रहने वाला मुसाफिर हूँ।···कांग्रेस का मेम्बर हूँ। वेटिंगरूम में ठहरा हूँ, चल कर असबाब देख लो। परदेस में कौन सुनता? किसी ने फबती कसी—साला कांग्रेसी बना हुआ है। दूसरे ने कहा—अब साले सब चोर सफेद टोपी पहनने लगे हैं।

विरोध का अवसर न देख कर चुप रह जाना पड़ा—सोचा, जिम्मेदार अफसर के सामने ही बात करना ठीक होगा। पहले भी पुलिस से अवसर पड़ चुका था। सोचा, अब तो कांग्रेसी सरकार की ही पुलिस है, गलतफहमी दूर हो जायेगी।

पुलिस वालों ने एक अँगोछा ऐंठ कर मेरे दोनों हाथ पीठ पीछे बाँध दिये और मुझे चारों ओर से घेर कर, कोहनियों से पकड़े स्टेशन की हवालात में पहुँचा दिया।

अगले दिन होली थी इसलिए स्टेशन के थाने में भी मुस्तदी कम ही दिखायी दी। छनने-बनने की बातें हो रही थीं। जिस भयंकर फरार व्यक्ति की भूमिका में मुझे गिरफ्तार करके लाया गया था, उसकी चर्चा से कुछ गम्भीरता आ गयी। मुझे तुरन्त ही एक जंगलेदार दरवाजे के पीछे मूँद दिया गया। वहाँ पाँच आदमी पहले से थे। उमस और दुर्गन्ध असह्य हो रही थी। एतराज करने पर उत्तर मिला—दारोगा साहब को खबर भेजी है। आकर जैसा हुक्म देंगे किया जायेगा।

दारोगा साहब आये। जान पड़ता था कि आराम छोड़ कर आये हैं। उनके कुर्सी पर बैठते ही एक सिपाही ने एक छपी हुई तसवीर और दूसरे कागज उनके सामने रख दिये।

कोठरी की उमस और दुर्गन्ध के कारण दारोगा साहब का ध्यान पाने की प्रतीक्षा करते रहना असम्भव हो रहा था इसलिए जंगले के समीप खड़े हो उन्हें पुकारा—"जनाब, यह क्या अंधेरगर्दी है?"

दारोगा साहब ने उड़ती हुई नजर मेरी तरफ डाली और फिर सिपाहियों की बात ध्यान से सुनने लगे। टार्च जला कर वे हवालात के जँगले के समीप आ गये और टार्च की रोशनी मेरे चेहरे पर केन्द्रित कर दी। हाथापाई में धूप की ऐनक गिर गयी थी। रोशनी से आँखों में कष्ट होने के बावजूद अपने आपको अच्छी तरह दिखा कर सन्देह से छुट्टी पाने के लिए मैं दरोगा के समीप बिल्कुल जँगले तक आ गया।

गिरफ्तार करने वाले सिपाही ने जँगले के भीतर हाथ डाल कर मेरे जबड़े पर बने चोट के लम्बे निशान को छू कर दिखाया और बोला—"कद दोहरा, रंग गंदमी, माथा नीचा, बाल घुँघराले और यह निशान भी है। रात में भी धूप की ऐनक लगाये, टोपी माथे पर खींचे, मजे-मजे अँधेरे में रेलवे गिराउण्ड की दीवार से चिपके जा रहे थे···।"

''बहुत दिन छिपे रहे।'' दूसरे सिपाही ने मुँह का पान सम्भालते हुए कहा, ''तीन माह सत्ताइस दिन दुनियाँ की सैर कर ली। जाने कितना ऊधम और किया होगा।''

तीसरे ने कहा—''कानपुर खबर दीजिये। वहाँ से आकर आदमी पहचान ले तो ठीक हो जाय।''

बात समझ में आयी। कानपुर जेल या हवालात से भागे किसी कैदी के सन्देह में मुझे पकड़ा गया है। वह सन्देह दूर करने की जरूरत थी। समझाया—''आप देख तो रहे हैं, कि मेरी आँखे आई हुई हैं। इसीलिए धूप की ऐनक लगा कर अँधेरे में घूम रहा था। अपना नाम बता कर कहा—''मेरठ का रहने वाला हूँ; कांग्रेस का पुराना कार्यकर्ता हूँ। यहाँ वेटिंगरूम में जाकर देख लीजिये, हमारा बिस्तर और झोला पड़ा है और आप···जी पार्लियामेंटरी सेक्रेटरी साहब के बँगले पर फोन कर लीजिये कि मैं लखनऊ आया हूँ कि नहीं। आज ही शाम मैं उनसे मिला हूँ।···आप अपनी तहकीकात कर शक दूर कर लीजिये। मैं सरकारी काम में दखल नहीं देना चाहता लेकिन यहाँ गर्मी और बदबू की वजह से दम घुट रहा है। मैं बाहर बैठता हूँ, मैं कांग्रेसी हूँ। पुलिस से भागना हमारा काम नहीं। आपके सामने बैठा रहूँगा। चाहें तो पाँव बाँध दीजिये। यह दम घुटना बर्दाश्त नहीं कर सकता। आदमी को आदमी समझिये···''

मेरी बात का असर हुआ। मुझे कोठरी के बाहर निकाल कर दारोगा साहब के समीप कुर्सी दे दी गयी। दो सिपाही राइफलें लेकर दोनों तरफ खड़े हो गये।

दारोगा साहब विनय से बोले—''इसमें बात ही क्या है। हम डी० एस० पी० साहब से यहाँ फोन कर रहे हैं। वे पार्लियामेंटरी सेक्रटरी साहब से दर्याफ्त कर लेंगे। क्षमा कीजिये, आपको जहमत हो रही है लेकिन हम लोग आप ही की सरकार का हुक्म बजा रहे हैं। इन सिपाहियों का भी क्या कुसूर? यह जो कम्युनिस्ट कानपुर जेल से फरार हो गया है, पूछिये नहीं, सूबे भर की पुलिस परेशान है। साहब इन लोगों का ठिकाना क्या? शहर को आग लगा दें, रेल पलट दें, शहर के नलों में जहर मिला दें। मिनिस्ट्री से रोज तहकीकात हो रही है कि बदमाश भागा कैसे? अभी तक पकड़ा क्यों नहीं गया? ···बस शक रफा करना है।''

आधे घण्टे बाद फोन सुन कर कांस्टेबल मुंशी ने खबर दी कि डी० एस० पी० साहब के यहाँ से हुक्म है कि पार्लियामेंटरी सेक्रटरी साहब तो शाम से मोटर पर इलाहाबाद चले गये हैं। मशकूक को कानपुर और मेरठ में तककीकात होने तक हवालात में ही रखा जाये।

लखनऊ में अपना परिचित और जमानत देने वाला दूसरा कौन होता? अपनी सरकार को नहीं, अपने भाग्य को और कम्युनिस्टों को ही दोष दिया जिन्होंने स्वराज्य के आरम्भ में ही ऐसी स्थिति पैदा कर दी है। हवालात में बन्द हुए बिना चारा नहीं था इसलिए दारोगा साहब से जोरदार शब्दों में कहा—"आप अपना सन्देह दूर करने के लिए हिरासत में रखना चाहते हैं। मैं खुद ही नहीं भागूँगा लेकिन उस बदबू और उमस में आप मुझे हरगिज बन्द नहीं कर सकते।"

दारोगा साहब को सहानुभूति सूचक मुद्रा में चुप होते देख तख्त पर डेस्क के सामने बैठे कांस्टेबल मुंशी ने कलम से कान खुजाते हुए कहा—"मुसीबत है कि नम्बर ३ में दो औरतें बन्द है और नम्बर एक में वह बदमाश!"

"अच्छा वह!" सोचने के लिए एक सिगरेट सुलगा कर और दो तीन कश खींच कर दारोगा साहब ने सिपाहियों को परे हट जाने का संकेत किया और अपनी कुर्सी मेरी तरफ खिसका कर बोले, "देखिये, अगर बात हमारे ही हाथ की होती तो खत्म हो जाती। यह तो जाब्ता पूरा करने की बात है। यह जगह बेशक गन्दी है। नम्बर तीन में औरतें हैं। उधर नं० १ में एक बदमाश कम्युनिस्ट है। अब आपकी अपनी सरकार है। आपको ही तो निबाहना है। हो सकता है, बदमाश कम्युनिस्ट के साथ रहना आपको इस बदबू से भी ज्यादा नागवार हो पर आपको तो सरकार की मदद करना है, आप करेंगे ही। सरकार ही आपकी है। उसके साथ रह जाइये क्या हरज है? उसका कुछ पता मिले। यह लोग कांग्रेसी भाइयों की तरह तो हैं नहीं कि जग जाहिर आन्दोलन करें। कम्युनिस्ट देश के लिए बड़े भारी खतरा हैं, अंडरग्राउण्ड काम करते हैं। जनता की सहायता से ही यह बस में आ सकते हैं।

कम्युनिस्ट के साथ बन्द किया जाना स्वीकार कर लिया। इतनी कुर्बानियाँ करके अपनी कांग्रेस सरकार को जमा पाये हैं, संकट में भी यदि उसकी कुछ मदद हो सकती तो इनकार नहीं था। हवालात में बन्द

होना लाजमी था। होली की वजह से कानपुर और मेरठ दोनों ही जगह खबर जाने और आदमी के आने में समय लगा। इस बीच अपने साथ हवालाती बन्द आदमी से जो बातचीत हुई, वह कुछ असाधारण ही थी। उसका भेद लेने में कुछ छलछंद या चातुर्य की आवश्यकता न पड़ी। अपनी कहानी सुनाने के लिए वह स्वयं ही आतुर था।

डॉक्टर रफ़ीक अहमद ने कैसी-कैसी कठिनाइयों से लड़ कर, किस महत्वाकांक्षा से डॉक्टरी की पढ़ाई पूरी की और सम्मान-सहित परीक्षा पास की थी, उसका विवरण तो स्वयं एक कहानी है। उस सब विवरण से बात बहुत बढ़ जायेगी इसलिए रफीक अहमद के डॉक्टर बन जाने के बाद की ही बात कहता हूँ।

इस प्रसंग में इतनी बात और आवश्यक है। डॉक्टर रफीक ने सम्मानपूर्वक परीक्षा पास कर सकने के लिए अथक परिश्रम किया था। उसके परिश्रमी तथा तीक्ष्ण बुद्धि होने के कारण लोगों को आशा थी कि वह विशेष छात्रवृत्ति पायेगा। वैसी सफलता उसे न मिली। यदि वह विशेष अध्ययन के लिए छात्रवृत्ति पाकर विलायत चला जाता तो लौट कर मेडिकल कालेज में प्रोफेसर बन जाता। उस अवस्था में यह कहानी इस प्रकार न लिखी जाकर दूसरी तरह लिखी जाती।

डॉक्टर रफीक को अपनी पढ़ाई और परीक्षा की तैयारी करते समय अपनी पढ़ाई का खर्चा जुटाने के लिए इण्टर में पढ़ने वाले दूसरे लड़कों के घर जाकर उन्हें पढ़ाना भी पढ़ता था। पढ़ाई के लिए आवश्यक बहुत सी पुस्तकें वह खरीद न सका था। छात्रवृत्ति उसे न मिली परन्तु वह योग्यतापूर्वक पास हो गया। उसे मेडिकल कॉलेज के अस्पताल में बरस भर के लिए 'वार्ड डॉक्टर' का काम मिल गया था। उस सफलता के बावजूद रफीक के मन में कलक था। कलक यह था कि योग्यता और सामर्थ्य होते हुए भी परिस्थितियों के कारण उसे उन्नति का अवसर नहीं मिला; क्योंकि वह समृद्ध घराने में पैदा नहीं हुआ था। उसे अवसर नहीं मिला और वह अपनी मेहनत का उचित फल नहीं पा सका।

डॉक्टर रफीक को कालेज के अस्पताल में एक वर्ष काम कर चुकने के बाद नियमानुसार छुट्टी दे दी गयी तो उसने फिर कठिनाई अनुभव

की। रफीक के सामने अपनी डॉक्टरी चलाने की समस्या थी। वह जानता था कि उसके पास-पड़ोस में लाखों बीमार थे जिनका इलाज होना चाहिए था परन्तु ऐसा खयाल समाज के चलन और डॉक्टरों के सम्मान की दृष्टि से बेहूदा जान पड़ता था कि वह जाकर लोगों से कहे इलाज कर सकता हूँ।

रफीक ने लड़कपन में डॉक्टर बनने की महत्वाकांक्षा अपनाई थी और इस महत्वाकांक्षा पर कुर्बान होकर सफलता पाई थी। तब दो बातें उसके मन में थीं। उसने अपने दादा को गुर्दे के दर्द से कराह-कराह कर मरते देखा था। जब वह चौथे दर्जे में पढ़ता था, उसकी माँ भी लम्बे बुखार और खाँसी से सूख-सूख कर मर गई थी। माँ की तकलीफ बढ़ जाने पर वालिद उन्हें इक्के पर बैठा कर अस्पताल ले जाते थे। इसमें वालिद का आधा दिन बरबाद हो जाता था। किसी दिन रफीक माँ को अस्पताल ले जाता तो स्कूल न जा पाता। अस्पताल में कितनी बेइज्जती होती थी। घण्टों बैठे रहने पर बारी आती और तब डॉक्टर ऐसे बात करते जैसे उन्हें खामुखा परेशान किया जा रहा था; डॉक्टरों की नजरों में हकारत भरी रहती। अस्पताल से जो दवाई मिलती, उसके माँ को कुछ फायदा न होता। लोग बताते, अस्पताल वाले तो रंग और खुशबू मिला कर पानी बाँटते हैं। कभी डॉक्टर ऐसी दवाई लिख देते जो अस्पताल में न रहती। कम्पाउण्डर कह देते बाजार से खरीद लो! ऐसी दवाइयों के लिए दाम बहुत चाहिए थे।

रफीक के वालिद ने एक रोज परेशान हो, गिड़गिड़ाकर डॉक्टर से कह दिया—"हुजूर, अस्पताल आते एक बरस हो गया, कुछ फायदा नहीं मालूम देता। जरा नाली (स्टैथिसकोप) लगाकर देख लीजिए।"

डॉक्टर ने रफीक के पिता को परे हट जाने का इशारा कर उत्तर दिया—"बरस भर दवा खिलायी है तो कौन गाँठ के पैसों से?... बरस भर और सही। दिखाना है तो बँगले पर लाओ।" इलाज को व्यर्थ समझ कर बन्द कर देना पड़ा। रफीक ने अपने बीसियों पड़ोसियों को इलाज के बिना एड़ियाँ रगड़-रगड़ कर मरते देखा था। उन लोगों की मिट्टी में जाते समय वह गर्दन झुकाये रहता कि वह डॉक्टर बनेगा। अल्लाह का करम तो इनसान पर चाहिये ही मगर इनसान को मदद के लिए डॉक्टर भी बहुत जरूरी है। मन ही मन उसने निश्चय कर लिया था जैसे मजहब

और खुदा की बात मुल्ला जानता है वैसे ही बीमारी और इनसान के जिस्म की बात डॉक्टर जानता है। वह लोगों के मुँह से सुनता था—खुदा की मर्जी! वही मारने, जिलाने वाला है! मगर रफीक सोचता—खुदा ने हकीम और डॉक्टर भी तो बनाये हैं।

रफीक बचपन से ही शहर के बड़े-बड़े डॉक्टरों के ठाट-बाट और उनका आदर-सत्कार देखकर भी प्रभावित हुआ था। वैसे ठाठ और आदर भी उसके जीवन की महत्वाकांक्षा थी। उसे विश्वास था कि डॉक्टर बन जाने से पैसा तो बरसेगा ही, लेकिन वह दुखियों का दुख दूर कर सकेगा तो उनकी आँखों से बरसने वाली कृतज्ञता कितना संतोष देगी।

डॉ० रफीक के वालिद मुश्ताक अहमद अच्छे बड़े कारोबारी तो कभी भी नहीं थे पर अपने समय के अनुसार उनका साधारण गुजारा चल ही रहा था। उनकी चिलम, तम्बाकू और नेचे की दूकान थी। एक तो शहरियों ने सिगरेट पीना शुरू कर दिया था और दूसरे पड़ोस में लोगों ने अधिक सरमाये से बड़ी-बड़ी दूकानें खोल ली थीं। मुश्ताक अहमद दस रुपये की बिक्री में दस आने कमा पाते तो बड़े दूकानदार रुपये पर तीन पैसा भर ही लेकर दो सौ रुपये की बिक्री कर दस रुपया बना लेते। दूकानों के किराये भी बढ़ते जा रहे थे। परिणाम यह हुआ कि मुश्ताक अहमद की दूकान, बढ़ते किराये के बोझ के कारण चौक से बाजार की ओर खिसकती गयी और सिकुड़ कर केवल तम्बाकू की ही दूकान रह गयी। लोग उनकी तारीफ करते थे, आखिर लड़के को तो डॉक्टर बना दिया लेकिन यह सफलता दूकान की बरक्कत से नहीं, लड़के की जिद्द की बदौलत हुई।

यों डॉक्टर रफीक का अपना घर का मकान था। किसी जमाने में जमीन के लिहाज से वह अच्छा मकान रहा होगा लेकिन तीन पीढ़ियों से तीन-तीन हिस्सों में बँट कर मकान केवल एक छोटी इकमंजिला कोठरी, भीतर दो चारपाई लायक आँगन और फिर एक कोठरी ही रह गयी थी। यदि रफीक की पीढ़ी में भी चार भाइयों में इस मकान को बाँटने की जरूरत पड़ती तो इसके लिए रेखागणित के काफी गहरे ज्ञान की आवश्यकता होती लेकिन रफीक का बड़ा भाई लोको में नौकरी करके जाने कहाँ से कहाँ पहुँच गया था। सौतेली माँ से पैदा दो छोटे भाई

साइकिल मरम्मत की दूकानों पर शागिर्दी कर पहियों में हवा भरते थे। उन्होंने विस्तृत संसार को अपने घर से अधिक रोचक पाकर माँ-बाप का मोह त्याग दिया और जहाँ अधिक आराम जान पड़ा, चले गये। मकान एक गन्दे मुहल्ले की कच्ची पतली गली में दबा हुआ टाट के एक पर्दे से अपनी इज्जत ढके था। अस्पताल से नौकरी छूट गयी तो रफीक को विवश हो इसी मकान में आ जाना पड़ा। वह मकान डॉक्टरी के ज्ञान के अनुसार केवल अनेक रोगों को पैदा करने के लिए ही उपयुक्त हो सकता था। उस मकान में एक आधुनिक डॉक्टर की प्रैक्टिस कैसे चल सकती थी?

डॉक्टर रफीक को अस्पताल में नौकरी के समय रहने के लिए क्वार्टर मिला था। उसने क्वार्टर के दरवाजे पर अपना नाम और डिग्री एक छोटी तख्ती पर लिखवा कर लगवा लिया था। जब रफीक पुराने मकान पर नाम की तख्ती लगाने लगा तो दीवार ने कीलों को पकड़ने से इनकार कर दिया या तख्ती ऐसी दीवार पर ठहरने के लिए तैयार न थी। वह तख्ती उस मकान के साथ और मकान उस तखती के साथ असह्य मजाक था। रफीक ने डाक्टरी की डिग्री की तख्ती खाट के नीचे फेंक दी और दाँतों से होंठ दबा कर अस्पताल की नौकरी के समय सिलाई पतलून की जेबों में हाथ डाल प्रैक्टिस के लायक जगह की तलाश में निकल पड़ा।

सम्मानित सड़कों और बाजारों में, जहाँ जाने-माने डॉक्टरों के बोर्ड लगे थे, रफीक को जगह मिल सकने की कोई आशा नहीं थी। डॉक्टरों की कद्र जानने वाले भले आदमियों की बस्ती से दूर, जैसी-तैसी जगह दूकान ले लेने से भी डॉक्टरी चल नहीं सकती थी। डाक्टरी का पेशा पान-बीड़ी, सिगरेट-दियासलाई की दूकान की तरह नहीं चल सकता कि किसी को कहीं भी जरूरत पड़े तो ले ले।

रफीक ने दूकान की बहुत खोज की, नौकरी के समय की बचत में सामर्थ्य से अधिक किराया भरा तो रफीक को घसियारी मण्डी में, एक बड़े डॉक्टर की दूकान से कुछ दूर, एक खरादिये के बगल में दूकान मिल पायी। आकार-प्रकार से वह दूकान नहीं जान पड़ती थी। अलबत्ता किसी होमियोपैथ या वैद्य-हकीम का मतलब होता तो भी एक बात थी कि आने-आने, दो-दो आने की पुड़िया बेच कर ही कुछ बन जाता। केवल

नुसखा भर लिख देने के लिए ऐसी दूकान पर उसे फीस कौन दे जाता और उसे मरीज दिखाने के लिए कोई घर बुला ले जाता तो किस नामवरी के आधार पर? रफीक ने एक मेज दो कुर्सियाँ और एक बेंच किराये पर ले ली। सामने चिक लटका ली। वह दूकान पर बैठने लगा। खाली बैठा वह डॉक्टरी की किताबें पढ़ता रहता। ऊब जाता तो चिक में से सड़कों से आते-जाते लोगों को देखता रहता। रोगी चेहरों को देख कर उसे आशा होती कोई आया परन्तु बीमार न आते। अपनी गली के कुछ लोगों को छोड़कर, जिन्हें पड़ोसी डॉक्टर को फीस देने की जरूरत न होने का विश्वास था, रफीक के पास कोई मरीज नहीं आया।

डॉक्टर रफीक हवालात में बैठा-बैठा सोचता ही रहता था। जिन्दगी में उसने शायद कभी इतना न सोचा होगा। अब तक उसके सामने एक निश्चित लक्ष्य था। उस लक्ष्य तक पहुँच पाने के लिए वह जूझता रहा था। हवालात से आकर उसकी राह बन्द हो गयी थी, कुछ कर सकने का अवसर न रहा था अब सोचना ही सोचना शेष था, आत्म-सम्मान का प्रश्न था, उचित-अनुचित का प्रश्न था।

रफीक ने कहा कि मरीज न आने से उसे निराशा होती। उस निराशा से अपने प्रति ग्लानि अनुभव होती। वह अपने आपको धिक्कारने लगता—मैं क्यों चाहता हूँ कि लोग बीमार हो? शराब का ठेकेदार चाहता है कि लोग खूब शराब पियें। कोठे पर बैठने वाली वेश्या चाहती है कि लोग अपने घरों की उपेक्षा कर उनके यहाँ आयें। ऐसे लोग बुरे हैं तो मैं इनसे भी बुरा हूँ। मैं चाहता हूँ लोग बीमार हों। लोग बीमार हों तो मुझे पैसा दें। लोगों का दुख बढ़ने से मुझे रोटी मिलेगी। मैं आते-जाते लोगों के चेहरों पर रोग क्यों खोजता हूँ! वे रोगी नहीं हैं तो अच्छा ही है। मुझे लोगों को स्वस्थ देख कर खुश होना चाहिए या बीमार देखकर? डॉक्टर लोग क्या मुर्दार खाकर जिन्दा रहने वाले गिद्ध हैं? लेकिन यों अपने आपको कोसने और मनुष्य-समाज का भला चाहने से पेट भरने की आशा नहीं की जा सकती थी। रफीक को अफसोस होने लगता, डॉक्टर बनने की कोशिश में व्यर्थ ही जिन्दगी बरबाद की।

रफीक महीने भर कुछ न कुछ कर सका। दूकान का किराया उसने अपने पास से दिया। उसे चिन्ता होने लगी, खाली बैठा मरीजों की प्रतीक्षा कब तक करता रहेगा। अपनी पूँजी से वह अधिक से अधिक एक मास का किराया और दे सकता था। उसके बाद? उसने सरकारी देहाती अस्पतालों में नौकरी के लिए दरखास्तें भेजीं।

एक दिन डॉक्टर रफीक मेज के नीचे पाँव पसारे कुर्सी पर बैठा चिक की ओट से सड़क पर आते-जाते लोगों को देख रहा था। सामने से चेतनस्वरूप जाता दिखाई दिया। रफीक ऊबा बैठा था। उसने उठ कर चेतनस्वरूप को पुकार लिया।

चेतन ने घूम कर देखा और डॉक्टर को पहचान कर लौट आया। दूकान पर चढ़ने से पहले चेतन ने दूकान पर लगा छोटा सा बोर्ड ऊँचे बोल कर पढ़ा—"रफीक अहमद एम० बी० बी० एस०। आखिर तुम डॉक्टर बन ही गये! मान गये भाई! असली किताबी कीड़े निकले कि किताबों को छेते हुए एकदम पार आकर दम लिया।" उसने रफीक का हाथ थाम कर खूब जोर से झकझोर डाला।

इन्टर में दोनों साल रफीक और चेतन एक साथ पढ़े थे। पढ़ने में चेतनस्वरूप भी काफी तेज था। वह कोर्स की पुस्तकों के अतिरिक्त बाहर की पुस्तकें भी, विशेष कर राजनैतिक और समाजवादी साहित्य पढ़ता रहता था। वह रफीक को भी ऐसी पुस्तकें पढ़ने की प्रेरणा देता रहता। रफीक अपने लक्ष्य से हटने के लिए तैयार न हुआ। वास्तव में उसके पास समय ही न था। स्वयं पढ़ने के अतिरिक्त उसे सदा ही दूसरे लड़कों को ट्यूशनें भी पढ़ानी पड़ती थीं। दिल्लगी और शौक की पढ़ाई तथा राजनैतिक झंझट के लिए उसके पास समय ही कहाँ था।

इन्टर के बाद रफीक मेडिकल कालेज में और चेतनस्वरूप यूनिवर्सिटी में पढ़ रहा था तब भी उनकी मुलाकात होती रहती थी। चेतन स्टूडेंट फेडरेशन का संगठन और विद्यार्थियों के राजनैतिक आन्दोलन में लगा रहता था। रफीक को भी उसने अपने साथ मिलाना चाहा और उसके आनाकानी करने पर उसे लम्बे उपदेश भी दिये—"तुम समाज में रहते हो तो समाज से बेपरवाह कैसे रह सकते हो? तुम्हारी समस्या क्या समाज से अलग है? विद्यार्थियों के लिए शिक्षा का उचित प्रबन्ध क्या तुम्हारी समस्या नहीं? क्या सरकार का कर्तव्य नहीं है? तुम

अपनी समस्या को अकेले हल करना चाहते हो, समाज की उपेक्षा करके। तुम समाज से लाभ तो उठाना चाहते हो परन्तु समाज के प्रति अपना कर्तव्य पूरा नहीं करना चाहते!"

रफीक भी एक जिद्दी था। मुस्कराकर उत्तर दिया—"यह सब बातें इम्तहान के बाद!"

चेतनस्वरूप ऐसी बात सैकड़ों लोगों से करता था इसलिए उसे तो उस बातचीत की विशेष याद न थी परन्तु रफीक ने चेतन को देख उसे अपनी वर्तमान अवस्था और समस्या की विकटता के कारण चेतन की बातें सहसा याद आ गयीं।

चेतन ने पूछा—"कहो, प्रैक्टिस कैसी चल रही है? खूब रुपया बटोर रहे हो!"

"कुछ भी नहीं" होंठ सिकोड़ आत्म-सम्मान बनाये रखने की परवाह न कर रफीक ने उत्तर दिया, "शायद यह वजय हो कि नया काम है। काम भी क्या है। दवाइयाँ तो हैं नहीं। केवल सलाह दे सकता हूँ। दवाइयाँ रखने के लिए कम से कम दो हजार तो हों।"

"तो फिर क्या तालाब किनारे बैठे बगुले की तरह तसवी फेरा करते हो, आ फँसो-आ फँसो! या खुदा से दुआ माँगा करते हो कि शहर में बीमारी फैले!" चेतन ने पुरानी आदत के मुताबिक मजाक किया परन्तु रफीक के चेहरे पर अनुत्साह का भाव भाँप कर बात बदल दी, "और तुम कर ही क्या सकते हो। लोग जब तक बीमार न हों, तुम्हारे पास आयें क्यों? पूँजीवादी समाज में व्यवस्था ही ऐसी है कि सब एक दूसरे का शिकार करके जीते हैं। बनिया बाजार में सौदे की कमी का, वकील कानून के जाल में फँसे मुवक्किल का और डॉक्टर बीमारी से परेशान आदमी का शिकार करता है। हमारे समाज में डॉक्टर का काम बीमारी दूर करना नहीं, बीमारी से फायदा उठाना है। तुम लोगों का इलाज करना चाहो तो बीमारों की कमी नहीं है परन्तु तुम्हें तो बीमार की जेब से पैसा चाहिए।"

डॉक्टर रफीक को अपनी कठिनाई में चेतन का लेक्चर झाड़ कर उसके पेशे को गाली देना अच्छा नहीं लगा। चेतन की आँखों में आँखें गड़ा कर उसने रूखे स्वर मे प्रश्न किया—"तो क्या तुम्हारे समाजवाद में डॉक्टर रोटी नहीं खायेंगे? केवल बीमारी दूर करेंगे?"

''सुनो'' चेतन ने मुस्कराकर रफीक की चुनौती स्वीकार कर ली और सहूलियत के लिए बगल में दबी पुस्तकें मेज पर रख दीं, ''सुनो, समाजवाद में मनुष्य इतना आतुर और विवश नहीं रहता कि दूसरे का शिकार करने के लिए मजबूर हो। समाजवाद में डॉक्टर की स्थिति पुलिसमैन की होगी। माफ करना, नहीं, बात ठीक नहीं बनी। यहाँ तो पुलिसमैन की भी कद्र और तरक्की तभी होती है जब समाज में अपराध ज्यादा हों। समाजवाद में डॉक्टर सरकार का अंग होना चाहिए। उसकी जिम्मेवारी होनी चाहिये, उसे सौंपे गये इलाके में कोई रोग फैलने न पावे। अपने इलाके के स्वास्थ्य की रक्षा उसका काम होना चाहिए। यदि उसके इलाके में रोग फैलता है तो उसकी चिन्ता और बोझ बढ़ना चाहिए, उससे जवाब तलब किया जाना चाहिए। यदि उसके इलाके में लोगों का स्वास्थ्य सुधरे तो उसकी प्रशंसा और उन्नति होनी चाहिए। समझ गये, समाजवाद में डॉक्टर रोटी कैसे खायेगा? यह है अन्तर समाजवाद और सरमायदारी में। समाजवाद में पूरा समाज मिल कर सबके हित के लिए कुदरत से अपनी जरूरत की चीजें लेगा और पैदा करेगा। पूँजीवाद में सब लोगों से दूसरों की जेबों का पैसा ऐठने की ही नीति चलती है, पैदा करने या समाज की जरूरत पूरी करने की बात कोई नहीं सोचता। इसके लिए मुझे या तुम्हें, किसी एक व्यक्ति को दोष नहीं दिया जा सकता। किसानों के समाज में पैदा हुआ व्यक्ति पेट भरने के लिए हल चलाने की बात सोचेगा। समुद्री डाकुओं के समाज में पैदा हुआ व्यक्ति पेट भरने के लिए लूट की ही बात सोचेगा। दोष तो समाज की व्यवस्था का है। इस व्यवस्था में आदमी कानूनी तौर पर ईमानदारी निबाह सकता है परन्तु इन्सानियत के नाते बुनियादी ईमानदारी नहीं निबाह सकता। ऐसी ईमानदारी इस समाज में कानूनी जुर्म है…''

रफीक ने चेतन की आँखों में देखा। उत्तर देने के लिए चेतन बोला—''तुम डॉक्टर हो। तुम एक बीमार को देखते हो। उसके लिए एक दवा की जरूरत है। गरीब बीमार दवा खरीद नहीं सकता। तुम जानते हो, दवा अमीनाबाद और कैसरबाग की दूकानों में मौजूद हैं और दवा न मिलने से बीमार मर जायेगा! इस हालत में तुम्हारा फर्ज क्या है?''

कन्धे हिला कर रफीक ने उत्तर दिया—''लेकिन दाम तो हरेक चीज का दिया ही जाता है।''

"ठीक है" उत्तेजना में दोनों हाथ उठा चेतन ने रफीक को चुप करा दिया, "मैं पूछता हूँ, दवाई बनाने का प्रयोजन रोग को दूर करना होना चाहिए या मुनाफा कमाना ?"

"लेकिन भाई, दवाई बनाने में और दवाई के इस्तेमाल का तरीका सीखने में भी तो पैसे लगते हैं" रफीक ने अपनी बात दोहराई।

स्वीकृति में सिर हिला कर चेतन ने कहा—"मैं मानता हूँ कि दवा बनाने में और दवाई के इस्तेमाल का तरीखा सीखने में पैसे लगते हैं। दवाई बनती रहनी चाहिये और दवाई के इस्तेमाल कर सकने वाले का भी गुजारा चलना चाहिये परन्तु कौन आदमी है जो सामर्थ्य रहते अपनी प्राण-रक्षा के लिए दाम नहीं देना चाहेगा ? ··लोगों को प्राण-रक्षा लायक रोटी कमाने का अवसर नहीं, दवाई के लिए कमाने का अवसर कहाँ होगा ? तुम समाज का भला करना चाहते हो तुरन्त उसके लिए अवसर कहाँ है ? ऐसी अवस्था में क्या हो रहा है ? मुनाफाखोर अमीरों के लिए बहुत बड़े-बड़े डॉक्टर हैं और गरीबों के लिए बिलकुल भी नहीं। यदि कोई गरीबों का इलाज करना चाहेगा तो भूखा मरेगा।" रुकते-रुकते वह फिर बोला, "हाँ एक बात और, अमीर तो हजार में दो चार ही हैं और शेष दुनिया गरीब ही है !"

रफीक सहसा उत्तर न देकर दाँत से अँगूठा दबाये अपने दादा, माँ और कई पड़ोसियों के एड़ियाँ रगड़-रगड़ कर मर जाने की घटनाएँ याद करता रहा।

"अब तुम्हीं बताओ, तुम्हारा डॉक्टरी का इल्म व्यर्थ जा रहा है या नहीं ?" चेतन फिर बोल उठा, "क्योंकि तुम्हारी सेवा का दाम देने वाले नहीं हैं। जिन लोगों के पास पैसा है, उनके लिए डॉक्टरों की कमी नहीं बल्कि डॉक्टरों में मरीजों के लिए होड़ चल रही है। शहर भर की दीवारें और अखबारों के पन्ने दवाइयों के विज्ञापन से काले हो रहे हैं। दवाई बेचने वाले उलटे करोड़ों खर्च कर रहे हैं कि हमारी दवाई खाओ और जरूरत मन्द को दवा नहीं मिलती···।"

"ऐसे तो बात बहुत दूर जा पहुँचेगी।" लम्बा साँस लेकर रफीक ने टोका।

"बात तो दूर पहुँचेगी ही" चेतन ने स्वीकार किया, "क्योंकि सब बातों का आपस में सम्बन्ध है। जिस समाज में हम रहते हैं उसकी

व्यवस्था के प्रभाव से कैसे बच सकते हैं? अब क्या बीमारों की कमी है? लेकिन तुम उनका इलाज करोगे कैसे? ⋯वे तुम तक आयें कैसे⋯ तुम उन तक जाओ क्यों? ⋯''

''नहीं, ऐसी बात नहीं है। यदि तुम्हारे परिचित लोगों की जरूरत है तो मैं क्यों नहीं जा सकता? यहाँ भी तो बैठा ही रहता हूँ?'' झिझकते हुए रफीक ने उत्तर दिया।

भदेवाँ, आलमबाग, ऐशबाग, नख्खास, छितवापुर की बस्तियों में चेतन रफीक को जहाँ भी ले गया, बीमारी की कमी न थी। ऐसे बहुत से गरीब थे जिन्हें दुबारा देखना भी रफीक ने आवश्यक समझा और कई बार वहाँ गया। मजदूर लोग अपनी बीमारियों का जिक्र करते-करते दूसरी कठिनाइयों का भी जिक्र करने लगते, जैसे छुट्टी की ही अर्जी। मजदूर का इलाज करना था तो उसे छुट्टी दिलाना भी आवश्यक था या किसी अन्याय के विरुद्ध न्याय के लिए प्रार्थना पत्र देना। रोगियों की सहानुभूति में रफीक ऐसे काम भी करने लगा।

रफीक कुछ उपयोगी काम कर सकने का संतोष तो पा रहा था परन्तु उस काम से आमदनी कुछ नहीं थी। रफ़ीक के पास साइकिल नहीं थी इसलिए कभी-कभी इक्के का किराया जेब से खर्च करना पड़ जाता। रफीक यह सब करता। उसे जीवन में साहस या अनुभव होने लगा। गर्दन उठा कर चलने की सी प्रवृत्ति अनुभव होने लगी। तभी भाग्य या दुर्भाग्य से रफीक को नौकरी मिल गयी।

बारूदखाने के आगा साहब ने पानदरीबा में अंग्रेजी दवाइयों की एक दूकान खोली थी। उनका विचार ठीक ही था कि यदि दूकान पर नुस्खा लिखने वाले डॉक्टर का प्रबन्ध हो जाय तो बिक्री बढ़ सकती है। आगा साहब ने रफ़ीक को सहायता देने का विचार प्रकट करते हुए बात की—''डॉक्टर साहब, प्रैक्टिस चलाने के लिए शुरू में आप अपनी दूकान पर कुछ दवाइयाँ रखियेगा न? कुछ नहीं तो दो-चार हजार खर्च करना ही होगा? दूकान का किराया अलग से भरेंगे। हमारी दूकान में जगह की कमी नहीं है। मेज-कुर्सी लगवा देते हैं। वहीं बैठ कर नुसखे लिखिए। लोगों की परेशानी दूर होगी। इस हाथ नुसखा लिखाया उस हाथ दवाई

बन गयी। आपका हमारा तय हो जाये। चाहे कमीशन तय कर लीजिए चाहे माहवारी!''

आगा साहब ने सन् १९४७ की महँगाई के जमाने में, उन्नीस बरस तालीम हासिल करके डॉक्टर बनने वाले आदमी के लिए पचहत्तर रुपये माहवार का प्रस्ताव किया। पचहत्तर रुपया सुनकर रफीक के सिर से पाँव तक बिजली कौंध गयी लेकिन आगा साहब ने हिसाब समझा दिया—''देखिये, आप दूकान का किराया ४५) देते हैं; वह बचेगा। आप तो १२०) समझिये। मरीजों से आपकी वाकफियत होगी। लोग आपको घर ले जाकर मरीज दिखायेंगे। उसमें तो हम हिस्सेदार नहीं होंगे। दो जगह भी दिन में हो आये तो ४) समझिये! यह भी महीने का १२०) होता है। हम दिन भर दूकान में बैठने की पाबन्दी आप पर नहीं लगायेंगे। तीन घण्टे सुबह और तीन घण्टे शाम। बाकी सब दिन आपका। जहाँ चाहे मरीज देखिए। आपका नाम बढ़ेगा, हमारी दूकान में मरीजों को कुछ सहूलियत हो जायेगी। यह भी सोचिए, बीस हजार की रकम गाँठ से दूकान के लिए लगा रहे हैं। किराया अलग देंगे। नफा-नुकसान मालिक के हाथ! हमें तो ७५ माहवार गिन कर देने ही पड़ेंगे।

कहीं तो पाँव टिकाने की जगह मिले, इस विवशता में डॉक्टर रफीक को आगा साहब का प्रस्ताव मान लेना पड़ा। सुबह या दोपहर के समय वह अपने निजी काम के तौर पर मजदूर बस्तियों में जाता। छः घण्टे नियमित रूप से दूकान पर बैठता। आगा साहब ने समय के अनुकूल अपनी दूकान पर मोटे चमकीले अक्षरों में लिखवा दिया था—

''जनता का दवाई खाना। मशविरा और नुसखा मुफ्त।''

डॉ० रफीक को नौकरी करते अधिक दिन नहीं हुए थे कि आगा साहब से खटपट भी होने लगी। रफीक रोगी को देख कर जो दवाई मुनासिब होती, लिख देता। आगा साहब की नयी दूकान में बहुत सी दवाइयाँ नहीं भी थीं। वे रफीक से नुसखा बदल देने के लिए कहते।

दो-एक बार रफीक गम खा गया, आखिर बोला—''जनाब, दवाई नहीं है तो मँगवाइए। दवाई बीमारी के मुताबिक होती है। बीमारी दवाई के मुताबिक नहीं।''

मालिक जवाब देते—''हमें तो वही बेचना है जो हमारे पास है···जो है नहीं, वह कैसे बेचें?''

रफीक को मन मार कर रह जाना पड़ता। ऐसा झगड़ा कई बार हो चुका था। आखिर एक दिन बात बढ़ गयी। पानदरीबा में ही आगा साहब का नया मकान बन रहा था। पहाड़ टूट जाने से एक मजदूर नीचे ईंटों पर गिर पड़ा। दूसरे मजदूर उसे उठाकर दूकान पर ले आये। चोट खाये मजदूर के शरीर से बहुत लहू जा रहा था। रफीक ने उसे देखा और तुरन्त नुसखे पर दो इंजेक्शन लिख कर स्वयं इंजेक्शन की पिचकारी ठीक करने लगा।

आगा साहब दूकान पर मौजूद थे। उन्होंने रफीक को समझाया—''इन इंजेक्शनों के दाम २८) होते हैं। यह आदमी भला क्या देगा। आप रहने दीजिए!''

आगा साहब ने मजदूरों को सम्बोधन किया—''इसे यहाँ क्यों लाये हो भाई, अस्पताल ले जाओ।''

''यह अस्पताल ले जाने लायक हालत में नहीं है।'' रफीक बीच में बोला, ''मुझे मालूम है, यह दवाई अस्पताल में नहीं होगी। डॉक्टर नुसखा लिख देगा, दवाई बाजार से ही लानी होगी। वहाँ जायेगा, रास्ते में हिलेगा और वहाँ ड्यूटी-रूम के चक्कर में जाने कितनी देर भरती हो सकने में लग जाय। तब तक यह जिन्दा रहे न रहे।''

''तब फिर हम ही क्या कर सकते हैं?'' हाथ फैला कर आगा साहब ने कहा, ''जब सरकार ही इतनी कीमती दवाई मुफ्त नहीं दे सकती तो हम कैसे दे दें? आजकल यह इंजेक्शन मिलते कहाँ हैं? मौका आयेगा हम इसके पचास रुपये वसूल करेंगे?''

रफ़ीक इजेक्शन की पिचकारी तैयार कर चुका था, लम्बी साँस खींच कर उसने कहा—''इस आदमी को चोट आपके काम में लगी है। आप इसका इलाज नहीं कराइएगा?''

''मैं इलाज का जिम्मेवार नहीं हूँ डॉक्टर साहब!'' माथे पर त्योरियाँ डाल कर आगा साहब पहले से ऊँचे स्वर में बोले, ''मैं डेढ़ रुपया रोज देनदार हूँ।...कानून की बात कानून से होती है।''

''कानून की बात न सही, इन्सानियत की ही सही।'' रफीक ने आगा साहब की त्योरियों की उपेक्षा कर उत्तर दिया।

"इन्सानियत की बात तो यह है," आगा साहब और तेज बोले, "आप इस दूकान में काम करते हैं। आपको इस दूकान के नफे-नुकसान का खयाल करना चाहिए।"

दाँत से होंठ काटकर रफीक ने एक बार और साहस किया—"यह २८ मेरे हिसाब में लिख लीजिए।"

"आप तो अगले माह के हिसाब में भी २५ पेशगी ले चुके हैं। जाने भी दीजिए, क्यों जहमत सिर लेते हैं? कौन आपका सगा है। ऐसे मामले तो रोज ही होते रहते हैं। यह तो कारोबार है। कारोबार कहीं ऐसे चलते हैं!"

आगा साहब ने दूकान के नीचे खड़े मजदूरों को धमकाया—"ले क्यों नहीं जाते इसे अस्पताल?"

रफीक ने हाथ में थमी इंजेक्शन की पिचकारी मेज पर रख दी और सड़क पर उतर गया। कुछ दूर वह यों ही चला गया और फिर सोचा, कहाँ जा रहा हूँ? घूम कर वह चेतन के डेरे की ओर चल दिया।

डॉक्टर रफीक ने आगा के काम में मजदूरों के घायल हो जाने और दवाई मौजूद होते हुए भी दवाई न देने की सम्पूर्ण घटना सुनाकर पूछा—"मजदूरों के सम्बन्ध के कानून तुम अधिक जानते हो! मजदूरों के हर्जाने का कानून (वर्कमैन कम्पेन्सेशन एक्ट) है, दवाई के दाम पर कंट्रोल है इस अन्याय के विरुद्ध पुलिस में रिपोर्ट करने से कुछ नहीं हो सकता?"

"नहीं, कुछ नहीं हो सकता।" निराशा से चेतन ने उत्तर दिया, "ऐसी घटनाओं का इलाज तभी होगा जब मजदूर श्रेणी कानून बनाएगी। पूँजीवादी विधान के कानून मजदूर श्रेणी को सशक्त बनाने के लिए नहीं उन्हें अपने उपयोग के लिए सुरक्षित रखने के लिए बनाये जाते हैं। आज यदि रेलवे और मिल का मजदूर कोई शिकायत कर सकता है तो इसलिए कि वह थोड़ा बहुत संगठित है और मालिकों तक अत्याचार के विरुद्ध संगठित रूप से उठ खड़ा होता है" रफीक को चुप देख चेतन ने अन्त में कहा, "और इस विधान को केवल मजदूरों की संगठित शक्ति ही बदल सकती है।"

डॉ० रफीक उस दिन शाम तक और फिर रात को भी चेतन के कमरे में ही रहा। रात भर दोनों में बातें होती रहीं। दूसरे दिन से रफीक आगा साहब की दूकान पर नहीं गया। पार्टी-आफिस में चेतन के साथ

ही रहने लगा और दिन भर मजदूरों की बस्तियों में और कारखानों के दरवाजों पर घूमने लगा। उसका काम सहानुभूति से बीमार मजदूरों को नुसखा लिख देना भर नहीं रहा। वह उन्हें संगठित करने और अपने अधिकारों के लिए लड़ने के लिए उत्साहित करने लगा। दूसरे संगठन कर्ताओं की अपेक्षा उसे सफलता भी अधिक मिलती क्योंकि मजदूरों की बीमारी के समय उनकी सहायता कर सकने के कारण लोगों को उसके प्रति श्रद्धा थी। सभी संगठन-कर्ताओं को मजदूरों से इकट्ठे हुए चन्दे से तनख्वाह (पार्टी वेज) मिलती थी। रफीक को भी तीस रुपया माहवार मिलते थे। कभी चन्दा इकट्ठा न हो सकने पर आधी तनखाह या उससे भी कम मिल पाती परन्तु डॉक्टर होने के कारण उसे भूखा न रहना पड़ता।

रफीक ने अपने घर के लोगों की चिन्ता अलग से नहीं की, उनके प्रति उसका रुख ही बदल गया था—माना मर रहे हैं, पिस रहे हैं, पर दुनिया के साथ हैं। सबका भला होगा तो उनका भी हो जायगा। जब यह लोग इसके लिए कुछ करने के लिए तैयार नहीं, अन्यायपूर्ण व्यवस्था के प्रति वफादारी दिखाकर चालाकी से अपनी व्यक्तिगत कठिनाइयों का उपाय करना चाहते हैं तो कर लें। मैं उसमें क्या कर सकता हूँ ?

डॉक्टर रफीक के इस नये जीवन में शीघ्र ही कठिनाइयाँ आने लगीं। मजदूरों को संगठित करने का अर्थ उनके जीवन की सभी समस्याओं—राशन, कपड़ा, छुट्टी, मजदूरी इत्यादि की चिन्ता करना था। मजदूरों की माँगों के लिए उन्हें संगठित कर आवाज उठाना, सभा करना, जुलूस निकालना। मजदूरों की माँगें पूरी न होने पर विरोध प्रकट करना। मजदूरों के पास संगठित विरोध का एकमात्र तरीका है, हड़ताल!

युद्ध समाप्त हो चुका था परन्तु रोटी, कपड़े के दाम बढ़ते ही जा रहे थे। युद्ध के समय विदेशी सरकार को आशंका थी कि इस देश की प्रजा की भावना सरकार के विरुद्ध होना घातक होगा। जैसे भी हुआ अंग्रेज सरकार ने दाम इतने न बढ़ने दिये थे जितने युद्ध के बाद राष्ट्रीय सरकार के शासन में बढ़ गये थे। बाजार में दाम पाँच गुना हो गये परन्तु तनखाह और मजदूरी दूनी होना भी दूभर था। मजदूर चाहते थे मजदूरी बढ़े। मालिक अपने मुनाफे में से मजदूर को हिस्सा देने के लिए तैयार न थे। मालिकों को दबाने के लिए मजदूर हड़ताल करते थे परन्तु यह प्रश्न

केवल मालिक मजदूरों के झगड़े का ही नहीं था। यह प्रश्न था देश भर का। सरकार को दखल देना जरूरी जान पड़ा।

सरकार का कहना था कि दाम अधिक होने का कारण बाजार में सौदे की कमी है। उत्पादन में हड़ताल होगी तो पैदावार और कम होगी, बाजार में दाम और भी बढ़ जायेंगे। जनता की बेचैनी और बढ़ेगी। देश के प्रति मजदूरों के कर्तव्य है कि हड़ताल की बात न कर पैदावार बढ़ायें।

मजदूरों के नेताओं का कहना था—बाजार में सौदा कम नहीं है, गोदामों में सड़ रहा है। खरीदने लायक मजदूरी जनता को नहीं मिलती इसलिए उनके पास खरीदने लायक दाम नहीं। सौदा महँगा इसलिए है कि मालिकों ने अपना मुनाफा बेहद बढ़ा लिया है। महँगाई माल की कमी से नहीं, चोर-बाजारी से है। मिलों का राष्ट्रीकरण करो। मिल मजदूरों के हाथ में दो और देखो पैदावार कितनी होती है और सौदा कितना सस्ता मिलता है।

मजदूर नेता कहते—पूँजीपतियों की सरकार सब बात मुनाफाखोरों के ही लाभ की दृष्टि से कर रही है इसीलिए जनता पिस रही है। असंतुष्ट मजदूर क्रान्ति की बात और व्यवस्था बदलने की बात करने लगे थे। मजदूर कह रहे थे, पैदावार हम करते हैं, समाज में विधान हमारा चलना चाहिए। राज मेहनत करने वालों का होना चाहिए चोरों का नहीं।

मजदूर नेता जनता की कठिनाई का कारण पूँजीपति सरकार की बदनीयती बता कर विद्रोह की आग फैला रहे थे, बगावत के लिए ललकार रहे थे। वे नारे लगा रहे थे—

"देश की जनता भूखी है, कांग्रेस सरकार झूठी है।"

"इस सड़ी गली सरकार को, एक ठोकर और दो।"

कांग्रेस सरकार जनता की सरकार होने का दावा करती है। कांग्रेसी सरकार व्यक्तिगत स्वतंत्रता और भाषण की स्वतन्त्रता का आश्वासन देती है परन्तु यह स्वतन्त्रताएँ उन्हीं को दी जा सकती हैं जो उनकी व्यवस्था को स्वीकार करें; जो इस व्यवस्था के भीतर रहकर सुधार की बात करें। जो लोग उनकी व्यवस्था को पूँजीवादी व्यवस्था कहकर इसके नाश और परिवर्तन का एलान कर, उन्हें विरोध की स्वतंत्रता देना—व्यवस्था का अन्त कर देने और बगावत कर देने की स्वतन्त्रता देना है। सरकार का

काम व्यवस्था की रक्षा ही है। व्यवस्था को बदलने की माँग सरकार के अधिकार को चुनौती देना है। कांग्रेस सरकार ने अपने अधिकार को चुनौती देने वालों के विरुद्ध कानून और पुलिस का हथियार उठाया।

कम्युनिस्टों के नेतृत्व में चलने वाले मजदूरों के सभा करने, जुलूस निकालने और भाषण देने की स्वतन्त्रता छीन ली गयी थी। कम्युनिस्टों के लिए संघर्ष का वैधानिक मार्ग बन्द हो गया था। वे सरकार को अत्याचारी और शोषक होने की गाली देकर अवैधानिक उपायों से लड़ने लगे। विरोधियों का एलान था—शोषक की व्यवस्था और शोषित के हित में क्या समझौता?

पुलिस कम्युनिस्टों को खोज-खोज कर पकड़ने लगी और कम्युनिस्ट छिप-छिप कर अपना संघर्ष चलाने लगे। डाक्टर रफ़ीक के प्रति मजदूरों में बहुत सहानुभूति थी। मजदूरों को विश्वास था कि वह बिना लोभ के उनका इलाज करता था, कुछ माँगता नहीं था, मजदूरों का राज कायम करने की बात करता था। वह मजदूर बस्ती में रहता था और मजदूर उसे छिपाये रहते थे।

रेलवे हड़ताल की धमकी से सरकार बहुत चिन्तित थी; हड़ताल में कम्युनिस्टों को सफलता हो जाती तो जनता पर उनका प्रभाव बढ़ जाता। देश के भिन्न-भिन्न भागों को रेल ही जोड़ती है। इतनी बड़ी चीज पर कम्युनिस्टों का प्रभाव प्रमाणित हो जाने से सरकार की प्रतिष्ठा और आतंक को बहुत बड़ा धक्का पहुँचता।

सरकार ने रेलवे हड़ताल के प्रयत्न को कुचल डालने का निश्चय कर लिया। जिस किसी व्यक्ति पर कम्युनिस्ट विचारों से सहानुभूति रखने का या पूँजीवाद-विरोधी आन्दोलन से सम्पर्क रखने का सन्देह हुआ, उसे जेल में बन्द कर दिया गया। हिन्द की पुलिस, राज्य में राजनैतिक फरारों को पकड़ने की शिक्षा खूब अच्छी तरह पा चुकी थी। पुलिस आरम्भ में आतंकवादी-क्रान्तिकारी आन्दोलन, सन् ३०-३२ में गुप्त कांग्रेसी आन्दोलन, सन् १९३५-१९४० में साम्राज्यवादी युद्ध का विरोध करने वाले कम्युनिस्ट और सन् ४२-४४ में युद्ध-विरोधी उखाड़-फेंक के कांग्रेसी आन्दोलन के फरारों के शिकार का अभ्यास करके खूब सध चुकी थी। वही पुरानी सधी हुई पुलिस अब कम्युनिस्टों का पीछा कर रही थी। जैसे

सन् १९४२ में लाट हैलेट ने पुलिस को आश्वासन दे दिया था कि ब्रिटिश सरकार विरोधी आन्दोलन को कुचलने के लिए पुलिस जो भी करेगी, सब क्षम्य होगा वैसा ही भरोसा अब पुलिस को कांग्रेसी सरकार ने कम्युनिस्टों का आन्दोलन कुचल देने के लिए दे दिया था। पुलिस वाले भेष बदल कर कपड़ों में रिवाल्वर-पिस्तौल छिपाये भीड़ से भरे बाजारों में, सूनी गलियों में, बँगलों और मजदूर बस्तियों में, खंडहरों और जंगलों में कम्युनिस्टों को खोजते फिरते थे।

पुलिस ने अपनी चौकसी और मुस्तैदी से कम्युनिस्टों का प्रकट आन्दोलन असम्भव कर दिया था। देश भर से चुन-चुन कर पन्द्रह-बीस हजार कामरेड जेलों में भर दिये जा चुके थे। फिर भी पचासों हजार कम्युनिस्टों के जेलों से बाहर होने की आशंका थी। पुलिस की पूरी चौकसी के बावजूद मजदूरों में हड़ताल की पुकार के लिए पर्चे बँट ही जाते। बाजारों, सड़कों और कारखानों के आस-पास भेस बदले पुलिस के पहरे लगे रहते थे, फिर भी कहीं न कहीं हड़ताली इश्तहार चिपके दिखायी दे ही जाते या दीवारों पर चाक या कोयले से हड़ताल के नारे लिखे दिखायी दे जाते—भूलो मत, नौ मार्च को हड़ताल होगी। रेल का पहिया जाम करेंगे, अपने देश में अपना राज करेंगे।

सर्व-साधारण जनता कम्युनिस्टों की 'एकदम व्यवस्था परिवर्तन' की पुकार से सहमती थी। जनता मौजूदा व्यवस्था में संकट अनुभव करती थी परन्तु एकदम नयी व्यवस्था के लिए कूद पड़ने का साहस उसमें न था। जनता इतना जरूर मानती थी कि संकट है और उसका उपाय होना चाहिए। सरकार के आतंक से जनता आतंकित थी और उन्हें कम्युनिस्टों के प्रति निष्क्रिय सहानुभूति भी थी। जनता प्रतीक्षा में थी, उनके भाग्य का निर्णय कौन करेगा?

डॉक्टर रफीक अपने इलाके में मजदूर-आन्दोलन के संचालन का काम कर रहा था। उसे पार्टी का आदेश था कि बिलकुल छिपा रहकर केवल निर्देश दे और संगठन का काम करे, किसी भी हालत में ग़िरफ्तार न होवे। वह बड़ी कठिनाई में था। गुप्त काम में सहयोग देने वाले उनके विद्यार्थी और मजदूर सहयोगी प्रायः सब गिरफ्तार हो चुके थे। तीन दिन तक उसके इलाके में सड़कों, पुलों और वर्कशापों के दरवाजों पर इश्तहार नहीं लग पाये थे। रफीक ने भरोसे के आदमी इधर-उधर भेज कर

मजदूरों की अवस्था का पता लिया तो मालूम हुआ कि मजदूर निरुत्साह हो रहे थे, वे समझ रहे थे कि हमारे नेता मार खा गये। हड़ताल के लिए इच्छा और सहानुभूति होने पर भी उन्हें हड़ताल फेल हो जाने का डर था। वे हड़ताल में शामिल होना चाहते थे परन्तु हड़ताल में आगे चलने का साहस उनमें नहीं था। मजदूरों को उनकी शक्ति पर विश्वास दिलाना आवश्यक था।

डॉक्टर रफीक मजदूरों के हतोत्साह हो जाने से बहुत चिन्तित था। उसे अनुभव हो रहा था कि उससे हाथ-पाँव बाँध कर उसके शरीर से खून खींच लिया जा रहा था और उसे बोलने का अवसर नहीं था। आन्दोलन के दब जाने पर उसके सुरक्षित रह जाने से क्या लाभ होता? जिस समय शरीर पर शत्रु कीटाणुओं का हमला प्रबल हो उसी समय शरीर के कीटाणुओं को सहायता देना आवश्यक होता है परन्तु डर जाने वाले लोगों में साहस का संचार किस प्रकार किया जाता? उन्हें कैसे विश्वास दिलाया जाता कि उनका संगठन जीवित था? मजदूरों के सामने साहस का उदाहरण रखना आवश्यक था तभी वे साहस कर सकते थे। उसने निश्चय किया, हड़ताल के इश्तहार जरूर लगेंगे।

डॉक्टर रफीक ने दिन भर अँधेरी कोठरी में बैठ कर लाल स्याही से दस इश्तहार लिखे—रेल के नौ लाख मजदूरों का संगठन दब नहीं सकता। हम अपने हकों के लिए एक जान होकर लड़ेंगे। नौ मार्च को हड़ताल करेंगे। लाठी-गोली से नहीं डरेंगे। भूलो मत! भूलो मत! सवाल था इश्तहारों का उचित स्थानों पर चिपकाने का! पुलिस बहुत चौकस थी। इश्तहार लगाने वाले के गिरफ्तार हो जाने की पूरी आशंका थी। उस काम में छः आदमी गिरफ्तार हो चुके थे। दूसरे बीस-पच्चीस डर गये थे। रफ़ीक ने दो आदमियों से साथ चलने के लिए बात की। एक ने उत्तर दिया—मैं गिरफ्तारी से नहीं डरता परन्तु घर पर बे माँ के दो बच्चे हैं, उन्हें किसके गले डाल जाऊँ?'' दूसरे ने कहा—''मैं तो खुद ही सोच रहा था कि इश्तहार लगाने जाऊँ परन्तु घर में कोई है नहीं और 'घर वाली' को बाल-बच्चा होने वाला है, आजकल की बात है।''

रफीक ने दोनों मजदूरों को समझाया—''भाइयो, अपनी-अपनी समझ है। ऐसे आदमियों की जरूरत है जो नौ लाख रेल मजदूरों को अपना समझें। मजदूर हार गये तो नौ लाख में से कितनों के बच्चे भूखों मर

जायेंगे? और कितनी मजदूर जच्चाएँ बेहाल हो जायेंगी? देखो, मजदूर जमात इतनी गिरी नहीं है, कोई तो ऐसा निकलेगा ही जो तुम्हारे लिए जान हथेली पर लेकर आगे बढ़ेगा। अच्छा भैया सुनो, अगर तुम फ़ौज में सिपाही होते, पल्टन में होते और घर में परेशानी रहते समय कूच का आर्डर मिला होता तो? ···४० रुपये माहवार के लिए डिसीप्लिन माना जा सकता है तो भाई पूरी मजदूर जमात का हित तो बहुत बड़ी चीज है। खैर, कोई तो जायेगा ही।''

''ऐसा मत कहो डॉक्टर!'' एक मजदूर ने जवाब दिया, ''हम जायेंगे लेकिन हमारे घर में खयाल रखना, तुम जानो!''

''नहीं भैया'' डॉक्टर ने जवाब दिया, ''सौदा मैं नहीं करता हूँ। यह लड़ाई का मौका है। इस समय कोई जमानत नहीं। मेरा ही क्या ठिकाना?''

मजदूर ने इश्तहार माँग लिए और डॉक्टर ने दे दिये।

डॉक्टर रफीक सोचने लगा, यदि यह भी गिरफ्तार हो गया तो मजदूरों पर क्या असर पड़ेगा? उनमें और अधिक भय फैल जायेगा और निरुत्साह हो जायेंगे। इस लड़ाई से अपने आदमियों को बचाना भी जरूरी है। हमारे पास आदमी हैं ही कितने!

साथी मजदूर ने पुल के नीचे, लोको और कैरेज वर्कशाप के आस-पास इश्तहार लगाने का निश्चय किया था। रफीक ने एक दूसरे मजदूर से साइकिल माँगी और उस रास्ते देख-भाल के लिए चल दिया। अँधेरा हो चुका था।

सड़कें प्रायः सूनी थीं। कहीं-कहीं कोई पैदल या साइकिल वाला दिखायी दे जाता। उनमें से भेस बदले हुए पुलिस वाले भी हो सकते थे। रफीक ने मजदूर साथी को पुल के पास पहचान लिया। उसके पांस से गुजरते हुए धीमे से बोला—''सम्भल के! धीरे-धीरे चलो! मैं आगे-पीछे देखता हूँ।''

रफीक साइकिल तेज चलाकर अगले मोड़ तक गया और आशंका न देखकर लौट आया। उसने साथी को इश्तहार चिपका देने के लिए इशारा किया और स्वयं उसकी चौकसी के लिए दूसरी ओर मोड़ तक देखने गया। मोड़ जरा दूर था इसलिए तेजी से चला। टंकी के मोड़ तक

आशंका न देखकर वह लौट ही रहा था कि उसे पुल के नीचे से सीटी की आवाज सुनायी दी।

रफीक तेजी से पुल की ओर लौटा। वह पुल के समीप पहुँचा तो वहाँ टार्च से प्रकाश हो गया। टार्च थामे आदमी के दूसरे हाथ में पिस्तौल थी। टार्च के प्रकाश में रफीक का साथी मजदूर दोनों हाथ ऊपर उठाये खड़ा था।

रफीक खूब तेजी से आ रहा था। उसने टार्च और पिस्तौल लिए सिपाही को अपनी साइकिल से धक्का दे दिया। स्वयं सिपाही पर गिर पड़ा। अपने मजदूर साथी को धीमे से उसने कहा—भाग!

रफीक और पुलिस वाला गुत्थम-गुत्था हो रहे थे। मजदूर भाग गया। उसी समय बायें मोड़ की तरफ से सीटियों की आवाजें सुनाई दीं और तीन साइकिलें टार्च जलाये तेजी से आ गयीं।

सिपाही रफीक के धक्के से गिर गया था। उसकी बाँहें फैल गयी थीं। रफीक ने सिपाही की पसरी हुई बाँह पर पाँव रखकर पिस्तौल छीन लिया और उसकी टाँगों में फँसा अपना पाँव झटक कर साइकिल सम्भाल उस पर चढ़ने लगा।

रफीक के पीछे साइकिलों पर पहुँच गये सिपाहियों ने रफीक की ओर गोलियाँ चलायीं। रफीक के भी हाथ में पिस्तौल थी। उसे जिन्दगी में कभी पिस्तौल देखने का भी अवसर न मिला था। उसने बचपन में अपने साथियों से खिलौने की पिस्तौल लेकर दो-चार बार पटाखे जरूर चलाये थे। उसने वैसे ही पिस्तौल का घोड़ा दबा गोली दाग दी।

रफीक का पीछा करने वाले सिपाही ठिठके। रफीक फिर साइकिल पर चढ़ने लगा। सिपाहियों की ओर से दना-दन गोलियाँ चलीं। रफीक ने पीछा करने वालों को डराने के लिए गोलियाँ चलाई। वह निशाना लगाना जानता नहीं था। सामने से उसकी आँखों पर तीन टार्चों का प्रकाश पड़ रहा था। वह निशाना ले भी नहीं सकता था। उसने सिपाहियों को डराने के लिए हवा में गोलियाँ चला दीं। एक गोली रफीक का घुटना छीलती हुई निकल गयी थी। रफ़ीक के हाथ की पिस्तौल में गोलियाँ समाप्त हो गयीं तो उसने पिस्तौल ही सिपाहियों पर दे मारी।

सिपाहियों ने रफीक को पकड़ लिया। उसकी मुश्कें बाँध दीं और उसे कोतवाली में ले गये।

रफ़ीक ने अपनी पूरी कहानी, कुछ अपनी सफाई में और क्रोध में सुना डाली। मैंने उससे प्रश्न किया—''यदि तुम्हारी गोली से कोई मर गया हो?''

''यदि मैं ही मर जाता? मैं भी मर सकता था।'' रफीक ने उत्तर दिया, ''मेरे घुटने को छीलने वाली गोली मेरे गुर्दे या दिल पर भी तो लग सकती थी?'' वह उत्तेजित होकर बोला, ''सिपाही मुझ पर गोली चलाते हैं तो कानून की रक्षा है। मैं चलाता हूँ तो कत्ल की कोशिश है। सरकारें अपनी प्रजा को निहत्था कर अपने हाथ में बन्दूकें और तोपें रखती है। क्या यह इस बात का प्रमाण नहीं कि शासन सदा तलवार की शक्ति और दमन से होता है। वही बात हुई न कि आदमी शेर को गोली से मारे तो शिकार का खेल हुआ और शेर आदमी को मार दे तो वह शेर की पशुता और आदमी का खून हो गया। इस न्याय का आधार सिवाय ताकत के और क्या है?''

मैंने रफीक से पूछा—''तुमने आधी उम्र परिश्रम करके डॉक्टरी सीखी। तुम्हारा काम आदमी की जान बचाना होना चाहिये या जान लेना?''

''मैं तो जान बचाने का ही काम करना चाहता था परन्तु यह व्यवस्था मुझे उसका अवसर देती कहाँ है? और यदि मैं मुसीबत में फँसे लोगों की जान बचाने का काम करते हुए अपनी रोटी कमाता भी रहता तो जिन्दगी में कितनों का इलाज कर लेता? हजार दो हजार का! परन्तु यह जो सामाजिक अव्यवस्था का रोग है, जो जनता को भूखा रख कर सब रोग पैदा कर रहा है इसका इलाज नहीं होना चाहिए?'' रफीक मेरी तरफ देखता रह गया।

मैंने रफीक को अच्छी तरह समझ पाने के लिए पूछा—''जानते हो, तुम्हारा चालान किस इल्जाम में किया जायगा?''

''मैं समझता हूँ कत्ल के इल्जाम में या कत्ल की कोशिश के इल्जाम में भी हो सकता है।''

"ऐसे अपराध के लिए कितनी सजा हो सकती है?"

"मैं क्या कह सकता हूँ, हो सकता है सरकार कालेपानी या फाँसी की सजा अदालत से दिलवा दे।"

"इतनी बड़ी जोखिम एक इश्तहार चिपकवाने के लिए?"

"नहीं, अपनी बात कह सकने के अधिकार के लिए!···सुक्रात को जहर का प्याला क्यों पिलाया गया था? इसलिए कि वह अपनी बात कहने पर डटा हुआ था। इसी बात के लिए भगतसिंह फाँसी पर चढ़ गया।"

"भगतसिंह?···कैसे?"

"आपको याद नहीं,···भगतसिंह देहली असेम्बली में बम फेंक कर गिरफ्तार हुआ था। बम फेंक कर उसने सैकड़ों पर्चे भी साथ ही फेंके थे। उन पर्चों में लिखा था—बहरे लोगों को सुनाने के लिए ऊँचे धड़ाके की आवश्यकता होती है। उस पर्चे में, १९२९ में असेम्बली में पेश किये गये, मजदूर-दमनकारी कानून का विरोध था।···बात कह सकने का मोल सदा देना ही पड़ता है··।"

रफ़ीक अभी बहुत कुछ कहने को तैयार था परन्तु मुझे पुलिस को बताने के लिए उसका भेद लेने के प्रयोजन से उसकी बात सुनते संकोच होने लगा।

●